Petra Mayr · Alle für einen

AF191798

Petra Mayr

Alle für einen

Bibliografische Information der Deutschen Nationalbibliothek

Die Deutsche Nationalbibliothek verzeichnet diese Publikation in der Deutschen Nationalbibliografie; detaillierte bibliografische Daten sind im Internet über dnb.dnb.de abrufbar.

ISBN 978-3-7568-0230-2

© 2022 Petra Mayr, Peuerbach

Herstellung und Verlag: BoD – Books on Demand, Norderstedt

Kapitel 1

Die Sonne ging golden leuchtend hinter dem Hügel auf und versprach einen herrlichen Spätsommertag. Leichte Nebelschwaden lagen über den Feldern und Wiesen. Sie verdampften in den sich durchsetzenden Sonnenstrahlen, die allmählich die von Tau behangenen Spinnennetze in glitzerndes Licht tauchten, als ob funkelnde Kristalle daran hängen geblieben wären.

Franz liebte den Altweibersommer mit seiner kühlen frischen Morgenluft, die schon ein wenig nach Herbst roch und das Ende des Sommers ankündigte. Doch heute galt seine Aufmerksamkeit nicht dem Sonnenaufgang, sondern vielmehr der Herde, die den Hügel heruntergetrieben wurde und sich dem Dorf näherte. Es waren keine Tiere, die da mit Stöcken zum Gehen bewegt wurden, es waren Menschen.

Mit dem Schulranzen am Rücken stand Franz wie angewurzelt da und starrte auf die nun mehr im Dorf angekommene Schar. Gebückte, schmutzige und ausgemergelte Gestalten, gehüllt in zerfetzte Lumpen, leere Augen, aus denen Schwermut und Furcht sprachen. Die Treiber trugen Uniformen und Gewehre sowie die nicht zu übersehende rote Armbinde mit dem schwarzen Hakenkreuz. Einer grinste Franz mit einem boshaften Lächeln an.

Franz erschrak, als ein Getriebener aus der Herde ausbrach und allem Anschein nach beabsichtigte, sich auf ihn zu stürzen. Er wollte eigentlich davonlaufen, doch seine Beine rührten sich nicht von der Stelle. Mit weit aufgerissenen Augen und grunzenden Lauten fiel die Gestalt allerdings nicht über den Jungen her, sondern über den Haufen angefaulter Äpfel, welche die Mutter nicht einmal mehr den Schweinen zugemutet und auf dem Misthaufen entsorgt hatte. Franz sah mit einer Mischung aus Bestürzung und Ekel auf den jämmerlichen Mann hinunter, der nur wenige Meter neben ihm anfing sich die braunen Äpfel in den Mund zu stopfen.

„Zurück, du Saujud'!", schrie einer der Treiber und schlug mit dem Stock brutal auf den Ausreißer ein, der, um sich vor den heftigen Schlägen zu schützen, die Hände über den Kopf warf und zurück zu der Gruppe stolperte. Entsetzen und Mitleid überkamen Franz.

„Vorwärts, na los!", schrie ein anderer Uniformierter. Die Schar bewegte sich weiter und steuerte den Kirchensteig an, ein schmaler Wiesenweg, der zuerst an einem kleinen Bach entlang ging, zwischen den Feldern über einen Hügel führte und schließlich im Ort Poching mündete. Für die Leute vom Dorf war dies jeden Sonntag der Weg in die Kirche, für Franz und seine Schulkameraden der tägliche Schulweg, für die Juden der Weg in den Tod.

Zumindest behauptete das der Nachbarsjunge. Peter war im selben Alter wie Franz und hatte ständig allerhand zu erzählen. Die meisten Juden seien verschleppt und in Viehwaggons in Lager gebracht worden. Einige müssten in der nahegelegenen Lederfabrik unter schlimmen Bedingungen bis zur Erschöpfung arbeiten. Die eingesetzten Chemikalien würden ihre Haut auffressen und die Atemwege verätzen. Franz dachte immer, Peter übertreibe mit seinen ständigen Schauermärchen, doch beim Anblick der ausgemergelten Körper, war er sich nicht mehr so sicher.

Die Lederfabrik befand sich in Ratbach, das nur wenige Kilometer entfernt lag. In die Stadt hinter dem Hügel kamen die Leute vom Dorf nur selten. Alles, was man brauchte, besorgte man im benachbarten Ort Poching.

Dort lag auch der Bahnhof, wo man die Juden hinbrachte, um sie loszuwerden. Sie wurden gegen leistungsfähigere Zwangsarbeiter ausgetauscht, einer alten Milchkuh oder Legehenne gleich, die nicht mehr den gewünschten Ertrag brachten. Die Kuh und die Henne wurden geschlachtet und genauso machte es man mit den Arbeitern. Man trieb sie von Ratbach zum Pochinger Bahnhof, der als wichtiger Knotenpunkt galt. Von dort aus fuhren die Züge in alle Richtungen. Die Juden bekamen den Zug in Richtung Tod. Endstation Schlachtbank.

Sie hätten es nicht anders verdient, meinte die Mutter von Peter, auch wenn sie nicht wirklich erklären konnte, was die Juden denn angestellt hatten. Der Hitler sah in dieser Menschengruppe die Wurzel allen Übels, das war Grund genug für die Stockhammerin, die Juden zu verachten. Wie groß war die Freude gewesen, als sie vor ein paar Monaten einen gesunden Jungen zur Welt gebracht und ihn zu Ehren des Führers „Adolf" getauft hatte. Peter hatte neben seinen zwei Schwestern nun ein Geschwisterchen mehr und freute sich, dass es ein Junge geworden war.

Der Hof der Stockhammer war groß und Peter musste zuhause kräftig mitanpacken, wodurch die Schule manchmal zu kurz kam. Doch an diesem Tag wartete Franz nicht vergebens auf seinen Kameraden. Peter kam an einem Stück Butterbrot kauend auf Franz zu und wollte wissen, was denn los sei, da er dreinschaue, als habe ihn ein Gespenst heimgesucht.

„Ich hab die Ratbacher Juden g'sehen. Die aus der Lederfabrik", antwortete Franz. Peter machte große Augen.

„Echt? Und? Erzähl! Was war'n denn das für welche?", wollte Franz' Freund schmatzend wissen. Franz starrte eine Zeitlang Richtung Kirchensteig.

„Traurige, jämmerliche Gestalten", entgegnete er gedankenverloren und stellte fest, dass diese Menschen so gar nichts mit den bösartig verzerrten Gesichtern auf so manchem angeschlagenen Plakat gemein hatten.

Die Pochinger Kirchenglocke riss den Jungen aus seinen Gedanken.

„Los jetzt, wir müssen in die Schul'!", sagte er zu Peter. Sie müssten endlich aufbrechen, da sie ohnehin spät dran und die anderen Kinder aus dem Dorf schon lange auf dem Weg seien.

Der Lehrer war heute besonders streng gewesen und gar nicht erfreut, dass Peter immer noch so viele Fehler beim Lesen machte. Als reines Gestotter bezeichnete er, was der Schüler da von sich gab. Deshalb hatte er spontan entschieden, dass Peter, für den die Schule so schon ein Gräuel war, nach dem Unterricht noch eine Stunde bleiben musste, um seine Lesekompetenz zu verbessern. Franz hingegen mochte die Schule, er war ein guter Schüler. Er mochte auch den Lehrer. Der Weibold war zwar streng, aber gerecht und hatte immer ein offenes Ohr, wenn eines der Kinder mit einem Problem zu ihm kam.

Der alte Pädagoge mit dem weißen Vollbart und der tiefsitzenden runden Brille hätte eigentlich schon seinen Ruhestand auskosten können, wäre er nicht wieder an die Schule geholt worden. Da die jungen Lehrer Kriegsdienst an der Front leisten mussten, mangelte es an Personal. Die junge Frau Lehrer Lantos war von einem Tag auf den anderen nicht mehr ins Klassenzimmer gekommen. Genauso wie Franz' Sitznachbar Werner. Beide waren Juden.

Die Schule hatte sich sehr verändert. Klassen wurden zusammengelegt, Stunden fielen aus. Viele Kinder gingen gar nicht mehr oder nur selten zum Unterricht, da sie zuhause gebraucht wurden, denn Väter und Söhne befanden sich weit weg von der Heimat, um für das Vaterland zu kämpfen. So mancher fand dabei den sogenannten Heldentod.

Franz musste den ganzen Vormittag an die grauen Gestalten denken, die wie Tiere an ihm vorbeigetrieben worden waren. Dass den Schüler, der ansonsten fleißig mitarbeitete, etwas bedrückte und er mit seinen Gedanken ganz wo anders war, merkte der Lehrer Weibold sofort. Als der Unterricht zu Ende ging, kam er auf den Jungen zu und fragte, was ihm denn so zu denken gebe. Franz zögerte einen Moment und stellte schließlich die Frage, die ihm die ganze Zeit durch den Kopf ging.

„Herr Lehrer, wissen denn Sie, was die Juden für Menschen sind?", wollte Franz wissen.

„Schau Franz", fing der Weibold nach kurzem Überlegen an, „die Juden sind Menschen wie du und ich. Sie haben nur das Pech als Sündenböcke auserwählt worden zu sein. Eigentlich können sie ja nichts dafür, aber so ist das Leben halt. Sei froh, dass du kein Jud' bist, die haben's wirklich nicht leicht. Und jetzt geh heim und genieß den schönen Spätsommertag. Pfiat Gott, Franz."

Mit diesen Worten verabschiedete sich der Lehrer, klopfte Franz noch einmal ermunternd auf die Schulter und verschwand im Schulgebäude.

Nicht ganz zufrieden mit der Antwort des Lehrers machte sich Franz auf den Heimweg. Auf dem Kirchensteig brauchte er etwa fünfzehn Minuten von Poching bis in sein Heimatdorf Brechthofen. Solange kein Schnee lag, konnten die Kinder vom Dorf den Wiesenweg benutzen. Im Winter allerdings, wenn Frau Holle es wieder einmal Tage lang schneien ließ, mussten sie auf die Straße ausweichen, folglich verlängerte sich der Fußmarsch um zehn Minuten. Groß war dann jedes Mal die Freude, wenn der alte Schuhmacher, der Enzinger Johann, seinen Pferdeschlitten einspannte und die Kinder aufsitzen durften. Die Schlittenfahrt machte nicht nur Spaß, sie ersparte im Winter auch den mühsamen Fußmarsch in die Schule.

Der Schuster fuhr jeden Dienstag nach Poching, damit sich die Leute die reparierten Schuhe am Ortsplatz abholen konnten. Wunderschöne maßgeschneiderte Stiefel oder Damenschuhe konnte der alte Mann anfertigen, der mit außerordentlicher Präzision und besonderem Geschick sein Handwerk ausübte, was weit über Poching hinaus bekannt war. Individuell angepasste Schuhe leisteten sich allerdings nur die Reicheren, die auch gerne die angebotenen Hochglanzpolituren in Anspruch nahmen.

Der Schuster Hans, wie er genannt wurde, lebte allein in einem kleinen bescheidenen Haus gleich neben dem Stockhammerhof. Dem gegenüber lag Franz' Elternhaus. Daneben befand sich der Hof der Stiegler. Brechthofen war mit seinen vier Häusern also ein sehr kleines Dorf, eingebettet zwischen Wiesen und Wäldern. Die Menschen dort lebten von der Landwirtschaft, außer der Schuster Hans, der sein tägliches Brot mit seinem Handwerk verdiente. Die Kühe durften im Sommer auf der Weide grasen und die Hühner draußen herumscharren, wie es ihnen beliebte. Auf den Feldern wurden Kartoffeln und allerlei Gemüse angebaut. Die alten knorrigen Obstbäume lieferten Äpfel, Birnen und Zwetschgen und auf den Streuobstwiesen wurden die Landlbirn und der Brünnerling für den Most gesammelt. Was man nicht selbst hatte, holte man sich alle paar Wochen beim Kramer in Poching.

Franz erreichte den kleinen Bach und bemerkte, dass sich das sonst so liebliche Plätschern des Wassers irgendwie anders anhörte. Vielleicht hatte der Regen, der ein paar Tage zuvor wie eine Sintflut vom Himmel gekommen war, allerhand in das Bächlein gespült und es verstopft. Ungewöhnlich war das nicht, wurde doch aus dem kleinen unscheinbaren Gewässer bei starkem Niederschlag ein reißender Fluss, der bedrohlich über das Ufer stieg und alles Mögliche fortzuspülen vermochte.

Franz näherte sich dem Wasser, um nachzusehen. Er schrak vor dem Bild, das sich ihm bot, zurück. Sein Gesicht lief bleich an und ihm wurde für einen Moment schwarz vor Augen. Er starrte auf einen leblosen Menschenkörper, der vom Wasser umspült wurde.

Die Augen und der Mund waren weit aufgerissen, der Gesichtsausdruck voller Leid und Qual. Franz sah diesen Mann nicht zum ersten Mal. Er kannte diese Augen. Es war der hungrige Jude, der sich am selben Morgen auf die verdorbenen Äpfel gestürzt hatte. Er war erschossen oder vielleicht erschlagen worden, jedenfalls hatte sich niemand um seine Leiche geschert und sie einfach dort liegen gelassen.

Franz begann so schnell er konnte zu laufen. Zuhause am Hof angekommen, fand er den Großvater vor dem Scheunentor auf einem dreibeinigen Schemel seine Pfeife rauchend vor.

„Was ist denn, Bub? War die Schul' heut' so schlimm oder warum läufst heim, wie wenn dich der Teufel höchstpersönlich verfolgen würd'? Oder hast wieder in einem Wespennest herumgestochert? Hm, Franzl?", fragte der hagere Alte mit einem leichten Grinsen, ohne seine Pfeife aus dem Mund zu nehmen.

Franz stand keuchend vor dem Großvater und musste erst einmal nach Luft schnappen, ehe er ihm erzählen konnte, was er gerade in dem kleinen Bach entdeckt hatte.

Augenblicklich verging dem alten Mann das Grinsen. Er machte ein ernstes Gesicht.

„Geh rein, Franz, die Mutter wartet schon. Heut gibt's Erdäpfelstrudel mit Grammeln und Sauerkraut. Ich kümmer' mich um den Toten. Den müssen wir wegbringen. Der kann ja nicht einfach da liegen bleiben. Der Mann muss ja wohl ein Grab kriegen. Ich bitt' gleich den Schuster Hans um Hilfe." Daraufhin stand der Großvater auf und ging Richtung Schusterhaus.

Das meiste vom Erdäpfelstrudel hatte Franz übriggelassen, sein Appetit hielt sich an diesem Tag in Grenzen. Nun saß er oben im Heuboden, dem Ort, an den er sich jedes Mal zurückzog, wenn er allein sein wollte. Die Ernte war in diesem Jahr besonders gut gewesen und das duftende Heu reichte fast bis zur Decke. Franz hockte auf einem Balken und ließ die Beine hinunterbaumeln.

Etwas stupste ihn in die Seite. Als er aufsah, erblickte er die dreifarbige Hofkatze, die sich an ihn herangeschlichen hatte und nun ihre täglichen Streicheleinheiten einforderte. Schnurli war Franz' Lieblingskatze. Sie schien immer guter Laune zu sein und begleitete Franz oft ein Stück auf dem Schulweg. Seit einiger Zeit war der dralle Bauch der Katze, der immer dicker und dicker zu werden gedroht hatte, verschwunden. Franz wusste, was es hieß, wenn die runde Kugel auf einmal weg war.

„Grüß dich, Schnurli", begrüßte er die Katze. „Zeigst mir endlich, wo du deine Katzerl versteckt hast?!"

Die Mietze fing zu schnurren an, schien aber keineswegs daran interessiert dem Jungen ihre Katzenkinder zu präsentieren. Schnurli war stets sehr erfinderisch mit ihren Verstecken. Franz hatte immer große Mühe ihre Geheimplätze ausfindig zu machen, doch irgendwie schaffte er es mit viel Geduld und tagelangem Beobachten der Mutterkatze im Endeffekt jedes Mal. Hatte er die Kätzchen gefunden, behielt er Stillschweigen darüber, auch wenn die Mutter Franz immer drängte sie hervorzuholen, damit der Großvater die meisten von ihnen beseitigen konnte. Das sei von Nöten, versuchte ihm die Mutter immer zu erklären, da am Hof sonst bald zwanzig Katzen herumlaufen und sich gegenseitig mit den verschiedensten Seuchen anstecken würden. Zudem ginge der Großteil aus Inzucht hervor und sei sowieso schon schwach und anfällig für Krankheiten.

Irgendwie sah Franz diese Argumentation ein, aber er konnte diese kleinen süßen unschuldigen Samtpfötchen einfach nicht verraten. Er war ohnehin jemand, der es verstand ein Geheimnis für sich zu behalten und schweigen konnte wie ein Grab. Außerdem war der Großvater jedes Mal erleichtert, wenn die kleinen Katzen erst dann aus ihrem Versteck hervorkamen, wenn sie schon zu groß waren, um erschlagen zu werden, denn auch er hatte Mitleid mit den kleinen Geschöpfen. Die Zahl der Katzen am Hof regulierte sich ohnehin von selbst. Vor allem die Herbstkätzchen waren anfällig dafür, den Winter nicht zu überstehen.

„Na gut, Schnurli. Wenn du's mir nicht verrätst, dann muss ich eben suchen", sagte Franz zu dem kleinen liebesbedürftigen Wesen und begann im Heu zu stöbern.

Jedes Versteck, das Schnurli schon einmal gewählt hatte, wurde aufgesucht, doch die Kätzchen waren nicht auffindbar.

Plötzlich hörte er ein Rascheln im hintersten Winkel des Heubodens. Das mussten die kleinen Katzen sein. Franz zögerte, denn er wusste ganz genau, dass sich die Kinder in diesem Eck nicht aufhalten durften. Die Mutter hatte es verboten, da sich dort die offene Heuluke befand, durch die das Futter hinunter in den Stall geworfen wurde. Franz' älterer Bruder war vor einigen Jahre beim Heuhupfen in das Loch gefallen. Da unten im Stall unglücklicherweise gerade kein Futter gelegen hatte, war er auf dem Beton aufgeschlagen und an seinen schweren Kopfverletzungen gestorben.

Obwohl Franz die Gefahr bewusst war, entschloss er sich nachzuschauen. Er nahm sich vor, ganz vorsichtig zu sein. Er würde die Luke schon nicht übersehen. Mit einem mulmigen Gefühl im Bauch näherte er sich langsam der Stelle.

Als Franz in dem Winkel angekommen war, hörte er ein leises Miauen hinter einem fast bis zur Decke reichenden Heuberg. Erfreut kletterte er über den sich vor ihm auftürmenden Haufen. Er erschrak vor dem, was er dahinter zu sehen bekam. Drei kleine Katzen lagen noch gänzlich unbeholfen in ihrem Nest. Doch nicht die Kätzchen ließen Franz erstaunt dreinblicken, sondern der Junge, der daneben saß und ihn mit großen ängstlichen Augen anstarrte.

Kapitel 2

Erst nach einer gefühlten Ewigkeit brach der Junge hinterm Heuhaufen die Stille, als Schnurli gemächlich herangeschlendert kam und sich an ihn schmiegte.

„Eine schöne Katze hast da", sagte er zögernd.

„Das ist die Schnurli", antwortete Franz unsicher.

„Ich bin der Otto", erwiderte das schmale Kerlchen, erhob sich und wollte Franz die Hand geben. Franz schien die Geste allerdings nicht zu registrieren und schaute den fremden Jungen lediglich unverwandt an, bis dieser seine Hand wieder zurückzog und seinen Blick verlegen zu Boden richtete.

Der Unbekannte musste ungefähr so alt sein wie Franz. Er hatte ebenso dunkelbraunes Haar und dunkle Augen, jedoch war er größer, abgemagerter und bleicher. Franz' Blick fiel auf den im Heu liegenden Mantel, auf dem ein gelber Stern aufgenäht war.

„Du wirst mich doch nicht verraten, oder?", unterbrach der Junge schüchtern das erneute Schweigen. Franz war verwirrt.

Wer war dieser Fremde? Und was hatte er hier im Heuboden zu suchen? An wen sollte er ihn denn verraten? Unzählige Fragen taten sich vor Franz auf. Augenblicklich wollte er Antworten finden und begann den Fremden, als ob sich dieser in einem Verhör befände, mit seinen Fragen zu überschütten. Schnell merkte er jedoch, dass dieses Bombardement den Befragten überforderte und ihm Angst einflößte.

Franz glaubte einen Augenblick lang der Junge würde ohnmächtig werden, da dieser noch bleicher im Gesicht wurde und sich kraftlos auf dem Heu niederließ. Er bekam es ein wenig mit der Angst zu tun und fragte besorgt, was denn mit dem schwachen Burschen los sei. Der ließ sich mit seiner Antwort Zeit, sodass Franz schon glaubte, er sei nun tatsächlich in die Bewusstlosigkeit abgedriftet. Endlich äußerte sich der Junge und erzählte mit schwacher Stimme, dass er nun schon seit zwei Tagen nichts mehr zwischen die Zähne bekommen habe.

„Wart' hier!", ordnete Franz an. „Ich hol' dir schnell was zu essen."

Er schlich sich in die Küche und holte die Pfanne mit dem übriggebliebenen Strudel aus dem Ofenrohr. Der köstliche Duft der noch warmen Speise stieg ihm in die Nase. Die Großmutter machte einfach den allerbesten Erdäpfelstrudel.

Franz hielt inne, als er Stimmen aus der Stube hörte. Langsam näherte er sich der Türe, die einen Spalt weit offenstand, und sah drei Frauen auf der Eckbank sitzen. Er erkannte seine Tante, die mit der Mutter und der Großmutter bei einer Tasse Malzkaffee und einem Stück Hefezopf plauderte.

Tante Fanny hatte den Schneidersohn aus Ratbach geheiratet. Zum Verdruss des Großvaters, dem es lieber gewesen wäre, seine älteste Tochter hätte sich einen großen Bauern aus Poching gesucht, anstatt eines Fetzenflickers aus der Stadt. Doch Fanny hatte ihren eigenen Kopf gehabt und war schließlich nach Ratbach gegangen.

Die Schneiderei Kaiser hatte sich zu einer renommierten Kleidermacherei etablieren können. Das Geschäft lief ausgezeichnet. Fanny verstand es nicht nur, geschickt mit Nadel und Zwirn umzugehen, sie wusste auch, wie sie ihre Kunden zu bedienen und zufriedenzustellen hatte. Längst gehörten höhere Offiziere und feine Damen aus der besseren Gesellschaftsschicht zu ihren

Stammkunden. Der Schneiderin sah man ihren Wohlstand an, trug sie doch immer die schönsten Kleider aus den edelsten Stoffen. Die eleganten Hüte, die seidenen Handschuhe und der rote Lippenstift hatten aus der Bauerstochter eine grazile Dame gemacht.

Die Tante kam nur selten zu Besuch, da der Großvater seine große Abneigung gegenüber der oberen Klasse nicht verhehlte. In einer Zeit, wo viele Menschen des Krieges wegen von Armut betroffen waren und hart arbeiten mussten, stellten die gut Situierten ihr Vermögen zur Schau. Er war der Meinung, seine Tochter habe das schlichte Leben am Land und mit ihm auch die einfachen Leute, von denen sie abstammte, vergessen. Sie lebe in einer verklärten Welt des Reichtums.

Franz hingegen freute sich jedes Mal, wenn die Tante zu Besuch kam, da sie stets vielerlei Geschenke mitbrachte. Er wollte schon in die Stube treten, um sie zu begrüßen, entschied sich aber im letzten Moment um, da die Unterhaltung der Frauen seine Aufmerksamkeit auf sich zog.

„Die Zeiten sind ja gerade nicht leicht, da können wir dem Herrgott dankbar sein, dass unsere Schneiderei so gut geht", erzählte die an ihrer Kaffeetasse nippende Dame aus der Stadt. „Leider wird das Leder immer teurer. Der Stark Wilhelm, der die Lederfabrik führt, hat die Preise wieder angehoben, obwohl er für die meisten seiner Arbeitskräfte eigentlich gar nichts bezahlen muss. In der Gerberei werden ja die Juden eingesetzt. Man erzählt, die müssten von früh bis spät ohne Pause schuften, bekämen nur wenig zu essen und seien von den vielen Chemikalien und Säuren ganz verseucht. Die tun mir ja schon leid, die armen Geschöpfe. Dass man es so auf die Juden abgesehen hat, versteh' ich sowieso nicht ganz. Am liebsten würd' ich das Leder wo anders kaufen als beim Stark, der ist wirklich ein ganz ein Gieriger. Verhandeln kann man mit dem überhaupt nicht. Und seine Arbeiter … also menschenunwürdige Bedienungen herrschen in dieser Fabrik, sag ich euch. Aber es ist nun mal die einzige Lederfabrik in der Nähe und die Leute wollen das Leder vom Stark. Man muss ja schon zugeben, dass die Qualität eine sehr gute ist. Außerdem besteht mein Mann darauf, dass wir es dem Stark abkaufen, immerhin ist er weitschichtig verwandt mit ihm."

Franz hörte gespannt zu, was die Tante zu erzählen hatte. Unwillkürlich hatte er plötzlich die Bilder der Judengruppe vor Augen.

Als Kind erfuhr man nur wenig, was in der Stadt los war, vor allem über die Juden wurde zuhause nie viel gesprochen. Die Leute im Dorf lebten ihr Leben trotz des Krieges einigermaßen normal weiter. Der eine oder andere Vater oder Sohn war halt an der Front und schrieb regelmäßig Briefe aus dem Kriegsgeschehen. Wie grausam die Kämpfe in Wirklichkeit waren, wie groß das Leid und die Not so mancher Menschen, besonders jener, die verfolgt wurden, das versuchte man hier zu verdrängen und vor allem vor den Kindern zu verbergen.

Trotzdem konnte man vor ihnen nicht alles geheim halten. Vor allem nicht die Briefe in die Heimat, in denen das Leben an der Front geschildert wurde. Franz bekam die Zeilen des Vaters, die er aus dem Krieg schrieb, immer von der Mutter vorgelesen. Über zwei Jahre war es nun schon her, seit auch er hatte einrücken müssen. Damals hatte er zu Franz gesagt, dass der Krieg sicher nicht mehr lange dauern und er bald wieder zuhause sein würde.

Franz lauschte aufmerksam der Unterhaltung und bemerkte nicht, dass jemand in die Küche kam.

„Was tust du da? Wen beobachtest denn da?", hörte er auf einmal eine Stimme hinter sich. Es war seine Schwester Rosi, die sich mit in die Hüfte gestemmten Armen hinter ihrem Bruder aufbäumte. Misstrauisch spähte sie durch den Türspalt, um herauszufinden, was ihr kleiner Bruder denn dort beobachtete.

„Ui, die Tante Fanny", freute sich Rosi und stieß die Tür zur Stube auf.

„Ja die Rosemarie, grüß dich. Lass dich anschau'n, du bist ja schon eine richtige Dame geworden", hörte Franz, der noch immer unterm Türrahmen mit der Bratpfanne in der Hand stand, die Tante zu Rosi sagen.

„Franz, was stehst denn da mit der Rein Erdäpfelstrudel?", wollte die Mutter wissen. „Hast doch noch Hunger bekommen? Hat mich ja schon g'wundert, dass du heute so wenig gess'n hast. Du magst ja den Strudel sonst auch so gern. Geh, willst die Tante Fanny nicht begrüßen?"

Franz kam sich auf frischer Tat ertappt vor und schaute etwas beschämt drein. Er stellte die Rein auf den Ofen zurück und trat in die Stube, um Tante Fanny die Hand zu reichen, die daraufhin anfing, die mitgebrachten Geschenke aus ihrer Tasche herauszuholen.

Für die Großmutter hatte sie ein paar Knäuel besonders feiner und weicher Wolle mitgebracht, damit diese wieder warme Socken für den Winter stricken konnte. Rosi durfte sich über brokatene Strümpfe und eine goldene Haarspange freuen. Der Mutter schenkte sie ein geblümtes Seidentuch. Dann holte sie noch etwas Tabak aus ihrer Tasche, den sie für den Großvater mitgenommen hatte. Sie meinte, es sei wohl besser, wenn die Großmutter ihm das Schächtelchen übergeben würde.

Die Überreichung der zahlreichen Mitbringsel wurde unterbrochen, als der Betreffende zur Tür hereinkam.

Die gerade noch so fröhliche Runde wurde augenblicklich ernst und schwieg.

„Ja die verehrte Frau Kaiser lässt sich auch wieder einmal blicken. Ist sie sich nicht zu fein in einer gewöhnlichen Bauernstube zu sitzen und einen minderwertigen Ersatzkaffee zu trinken?", gab der finster dreinschauende Großvater von sich.

Ein jeder hörte sofort den Spott und die Verachtung heraus, die in den Worten mitschwangen. Es war jedes Mal dasselbe. Seine Äußerungen waren absichtlich darauf ausgerichtet, die Tante zu verletzen.

Der Altbauer steuerte auf den Kachelofen zu, nahm die dort liegende Pfeife und verschwand ohne ein weiteres Wort wieder zur Tür hinaus, allerdings nicht ohne eine eigenartig bedrückte Stimmung zu hinterlassen.

So feindselig kannte Franz den Großvater überhaupt nicht. Er war normalerweise ein freundlicher, gutgelaunter Mann, der gerne mit den Kindern scherzte und ihnen Holzfiguren schnitzte.

Tante Fanny machte ein trauriges Gesicht.

„Mach dir nichts aus dem alten Sturschädel, Franziska. Nimm dir noch ein Stück vom Germstriezel! Was hast denn noch so mitgebracht? Fürn Franz hast bestimmt auch was", versuchte die Großmutter ihre Tochter aufzumuntern.

Tante Fanny lächelte freudlos und überreichte Franz eine kleine lederne Umhängetasche. Das Leder verströmte einen angenehmen Duft und glänzte frisch poliert in einem dunklen Braunton. Alle erwarteten, dass Franz angesichts eines so schönen Geschenkes seine Freude zum Ausdruck bringen würde. Doch der Junge starrte das Ledertäschchen nur an. In einer Fabrik arbeitende, ausgezehrte Menschen erschienen vor seinen

Augen. So schön das Geschenk auch war, er konnte nicht anders, als damit Ausbeutung und Leid zu verbinden.

„Ja, Franz, freust dich gar nicht? Willst dich nicht bedanken?", fragte die Mutter erstaunt.

„Vielen Dank, Tante Fanny, aber ich kann das G'schenk nicht annehmen." Mit diesen Worten ließ Franz die Tasche am Stubentisch zurück und lief zur Tür hinaus. Die Frauen blickten sich verdutzt an.

Beinahe hätte Franz vergessen, wozu er sich ins Haus geschlichen hatte. Der Erdäpfelstrudel war am Holzofen zurückgeblieben und der Junge im Heu wartete schon sehnsüchtig darauf. Er musste noch einmal in die Küche.

Franz machte kehrt. Gedankenverloren wäre er beinahe in die rundliche rotbackige Frau gerannt, die mit einem Korb voll Eier soeben vom Hühnerstall herübergekommen war.

„Vorsicht, Burschi! Sonst Eier sind hin", ermahnte sie ihn. Die russische Zwangsarbeiterin Polina, die seit etwa einem Jahr am Hof lebte, grinste Franz mit einem breiten Lächeln an.

Damals, als die junge Frau dem Bauernhof zugewiesen wurde, sprach sie nur ein paar Brocken Deutsch. Franz konnte sich noch gut an jenen Tag erinnern, an dem die Fremde mit zerschlissener Bluse, zerrupften Haaren und löchrigen Gummistiefeln, flankiert von zwei uniformierten Männern, an der Haustür gestanden und mit gesenktem Blick zaghaft eingetreten war. Mittlerweile hatte sich Polina gut eingelebt. Obwohl sie manchmal Heimweh überkam, war sie eine fröhliche Persönlichkeit, die gerne plauderte und fleißig am Hof mithalf.

Sie hatten Glück mit der gutmütigen Russin, denn es gab auch Zwangsarbeiter, die Feindseligkeit an den Tag legten, stahlen und mehr Schaden am Hof anrichteten, als sie Hilfe waren. Inzwischen hatte jeder Polina ins Herz geschlossen und alle sahen sie als Teil der Familie an. Die Großmutter war zwar oft streng mit ihr, vor allem, wenn sie zu viel tratschte und sich nicht auf die Arbeit konzentrierte. Doch zwischen den beiden Frauen herrschte eine Vertrautheit, wie sie sonst nur zwischen Mutter und Tochter vorkam. Auch Franz konnte sich Polina und ihr typisches lautes Lachen nicht mehr wegdenken. Sie tat dem Jungen jeden Gefallen und stellte dabei nie Fragen, was er sehr zu schätzen wusste.

„Du Polina, geh doch bitte schnell in die Kuchl und hol mir den restlichen Erdäpfelstrudel", bat Franz.

Die mollige Dirne lächelte freundlich und verschwand daraufhin im Haus. Franz war sich nicht sicher, ob sie verstanden hatte. Kurze Zeit später tauchte Polina mit einem Teller voll Strudel wieder auf und drückte ihn Franz in die Hände.

„So, und jetzt ich muss zu Henderl, sauber machen", verabschiedete sie sich und steuerte das Hühnerhaus an.

Gierig verspeiste Otto das ganze Stück Erdäpfelstrudel und leckte sogar noch den Teller ab, sauberer als es die unersättlichen Katzen sonst taten. Amüsiert sah Franz ihm dabei zu. Otto musste schon für sehr lange Zeit nichts Anständiges mehr zu essen bekommen haben.

„Du bist ein Jud', stimmt's?", konfrontierte ihn Franz plötzlich mit einem Gedanken, der ihm schon die ganze Zeit durch den Kopf gegangen war.

Otto nickte stumm und begann dann zaghaft zu erzählen: „Ich komm' aus Ratbach. Männer haben meine Familie mitgenommen. Sie trugen die rote Armbinde mit dem Hakenkreuz. Nazis. Alles ist so schnell gegangen."

Ein kurzes Schweigen legte sich über die beiden, dann fuhr er fort: „Die Mutter hat gewollt, dass ich vor Ladenschluss noch einen Laib Brot holen gehe. Als ich aus der Bäckerei gekommen bin, hab ich laute Lastwägen herankommen gehört, dann Getrampel von Stiefeln. Ich hab bewaffnete Männer gesehen, die den Wohnblock gestürmt haben. Es war ein einziges Geschrei und Gepolter. Sie haben die Juden rausgeholt, auch meine Eltern und meine kleine Schwester." Otto hielt kurz inne.

„Ein Mann hat sich aus dem Fenster gestürzt und ist dumpf auf dem Gehsteig aufgeschlagen. Ich werde dieses grässliche Geräusch nie vergessen. Ein Junge, der versucht hat davonzulaufen, ist einfach erschossen worden."

Otto holte einen tiefen Atemzug und fuhr fort: „Ich hab beobachtet, wie meine Eltern und meine Schwester auf die Wägen geschoben worden sind. Es war ein solches Durcheinander. Schreie, Weinen, Schüsse. Und dann haben sie alle weggebracht."

Franz hörte aufmerksam zu und sah, dass der Junge den Tränen nahe war. Dieser erzählte aber weiter: „Mich haben sie als Einzigen nicht mitgenommen. Ich hab mich versteckt, mich irgendwie durchgeschlagen. Und dann, heute Morgen, hab ich eine Gruppe Männer aus der Lederfabrik kommen sehen. Einer davon war mein Vater. Ich hab zweimal hinschauen müssen, so schmutzig und ausgezehrt hat er ausgeschaut. Sie haben die Männer fortgetrieben und ich bin ihnen gefolgt. Sie haben sie bis zu eurem Dorf gehetzt und noch weiter. Mein Vater hat versucht zu fliehen, ist aber nicht weit gekommen. Er ist vor meinen Augen erschossen worden."

Otto starrte ins Leere. Sein Blick war ausdruckslos, zugleich ließ er die Traurigkeit in seinem Herzen erahnen. Franz dachte an den Toten im Bach, an das grässliche

Bild, das sich ihm geboten hatte. Der Mann war Ottos Vater. Franz war bestürzt. Mitleid überkam ihn. Er konnte an nichts anderes mehr denken als an das grässliche Bild des Erschossenen. Wie schlimm musste es für Otto gewesen sein, seinen Vater sterben zu sehen?

Unten im Stall hörte man die Kühe unruhig werden und die Schweine quieken. Dank ihrer inneren Uhr wussten sie genau, dass die Fütterung unmittelbar bevorstand. Für Franz war es Zeit, sich ins Stallgewand zu werfen.

Jeder am Hof hatte seine Aufgaben zu erledigen. Die Mutter, Rosi und Polina melkten die Kühe, der Großvater war für das Füttern und Ausmisten zuständig. Seit der Knecht eingezogen worden war, kümmerte sich der alte Mann auch noch um die Pferde. Franz versorgte die sechs Kälbchen und die Handvoll Schweine. Da die Großmutter Probleme mit der Hüfte hatte und nicht mehr gut zu Fuß war, blieb ihr die Stallarbeit erspart. Dafür war sie die Küchenchefin, bereitete Frühstück und Abendessen zu, backte das beste Holzofenbrot und strickte fleißig Socken, Schals und Mützen.

Für Franz war es ein gewohntes Bild, seine Großmutter in der Stube, die Stricknadeln schwingend, im Herrgottswinkel sitzend vorzufinden. Das gleichmäßige Klappern der Nadeln, die die alte Frau ohne hinzusehen, geschickt bewegte, gehörte genauso wie das Ticken der alten Pendeluhr an der Wand zum Klang der Stube und hatte etwas Vertrautes und Beruhigendes an sich.

Neben dem gekreuzigten, von einem Rosenkranz umschlungenen Jesus, hatte die Großmutter ein Bild des Führers platziert. Stets erwähnte sie, dass der Hitler Arbeit ins Land gebracht hatte. Dass mit ihm aber auch der Krieg ins Land gezogen war, schien sie zu ignorieren oder einfach nur vergessen zu haben.

„Ich muss bei der Stallarbeit helfen. Ich komm' später noch einmal und bring dir etwas Milch und ein Stück vom Germstriezel", sagte Franz zu Otto und verschwand hinter dem Heuhaufen.

Otto blieb allein mit den Katzenjungen zurück. Er kuschelte sich in das wohlriechende getrocknete Gras und hörte die gedämpften Geräusche scheppernder Eimer, die ihn in einen unruhigen Schlaf sinken ließen.

Otto wurde von sanften Sonnenstrahlen geweckt, die sich zwischen Holzsprossen hindurch ihren Weg suchten. Langsam schlug er die Augen auf. Kurz wusste er nicht, wo er sich befand und musste sich erst einmal orientieren. Neben ihm stand ein Häferl mit Milch und ein Teller mit einem Stück Hefezopf im Heu. Er rappelte sich allmählich auf und erinnerte sich wieder an den Jungen, der ihm zu essen gebracht und dem er erzählt hatte, was ihm alles widerfahren war. Er nahm einen kräftigen Schluck Milch und fragte sich, wieviel Zeit wohl vergangen war. Verschiedenste Geräusche drangen zu ihm hoch. Waren die Bauersleute noch immer mit der Stallarbeit beschäftigt? Waren erst Minuten vergangen oder schon Stunden?

Otto sah durch die Gitterstäbe der Scheune zarte Nebelschwaden über das Land streichen, die von der Sonne nach und nach weggeheizt wurden. Es war früher Morgen. Für die Bauersleute begann der Tag immer sehr bald, da der Rahm in den Morgenstunden abgeholt wurde und bis dahin alle Kühe gemolken sein mussten. Die Rohmilch wurde in eine Schleuder gegossen. Der gewonnene Rahm wurde abgeliefert. Über den Rest, die Schleudermilch, freuten sich die Schweine. Das Milchweib war stets pünktlich und wartete nicht gerne auf die Kannen, die sie auf ihren Karren hievte und zur Molkerei brachte.

Otto nahm einen Bissen vom Hefezopf und unterbrach plötzlich sein Frühstück, als er etwas rascheln hörte. Er lauschte angestrengt, vernahm jedoch das Geräusch kein zweites Mal. Dann schrak er auf, als neben ihm etwas im Heu landete. Ein kleines vierbeiniges Wesen stand mit einem Mal an seiner Seite und sah ihn freundlich an.

„Hast du mir aber einen Schreck eingejagt", sagte er erleichtert zu Schnurli, die gekommen war, um ihre Jungen zu säugen. Er streichelte der Katze über das Fell.

So schnell der Schrecken verflogen war, so schnell kam er wieder zurück, als Otto schwerfällige Schritte vernahm, die allmählich lauter wurden und sich seinem Versteck näherten. Der Junge vom Vortag konnte es nicht sein, dafür klang der Gang zu schleppend.

Otto fühlte, wie ihm das Herz im Halse pochte. Vorsichtig lugte er hinter dem Heuhaufen hervor und sah einen alten Mann, der sich daran machte, Heu mit einer Gabel in ein Loch zu werfen. Die Kätzchen begannen zu miauen. Otto versuchte vergebens, sie zum Schweigen zu bringen. Er hatte Angst, das Jammern der Katzenkinder würde ihn verraten. Er hielt die Luft an, als der Großvater langsam näherkam. Doch dann wurden die Schritte leiser, bis sie schließlich gar nicht mehr zu hören waren.

Indes stöberte Franz heimlich in der Speisekammer und schnappte sich zwei Gläser eingeweckter Kirschen. Er hatte sich bei der Stallarbeit besonders beeilt, um noch Essbares für Otto auftreiben zu können, bevor die anderen nach getaner Arbeit zum Frühstück hereinkämen.

Franz musste sich möglichst geräuschlos bewegen, denn die Großmutter war in der Küche. Die alte Frau hörte noch wie ein Luchs. Auf Zehenspitzen schlich er sich aus der Vorratskammer hinter dem Rücken der Großmutter davon und ergatterte noch eines der Butterbrote, die die Altbäuerin geschmiert hatte.

Jetzt hieß es, ein gutes Versteck für die Lebensmittel zu finden, bis er sie nach dem Frühstück hinauf in den Heuboden bringen konnte. Franz atmete tief auf, als er das wertvolle Gut in Sicherheit gebracht hatte. Unauffällig schloss er sich wieder den anderen an, die gerade dabei waren sich Hände und Gesicht zu waschen.

Nachdem er in Rekordzeit das Butterbrot verschlungen und seine Milch ausgetrunken hatte, eilte Franz zu dem versteckten Proviant, den er hinter dem Holzhaufen an der Scheune platziert hatte.

Er wollte ihn soeben hervorholen, da hörte er plötzlich eine Stimme hinter sich: „Was tust denn da, Franz?"

Vor lauter Schreck wäre Franz beinahe das Herz in die Hose gerutscht. Er fuhr blitzschnell herum und sah in das Gesicht seines Freundes Peter.

„Nichts … gar nichts …", stotterte er und bemerkte erst jetzt, dass Peter nicht allein war. Hinter ihm warteten Peters jüngere Schwester Lini und die Zwillinge vom Stieglerhof, Anna und Marie.

Lini stand mit ihren langen blonden Zöpfen da und sah mit ihren großen blauen Augen neugierig über die Schulter ihres Bruders.

Peters und Linis Mutter, die Stockhammerin, war immer besonders stolz, dass ihre Kinder blond und blauäugig waren, entsprachen sie damit doch ganz dem Ideal der Zeit. Sie stellte die „deutsche Rasse" über alle anderen und machte auch keinen Hehl daraus. Andauernd schimpfte sie über die Juden und das andere „Gesindel", wie sie Menschen fremder Kultur abwertend zu bezeichnen pflegte.

„Wir geh'n in den Wald und suchen Brombeeren. Kommst mit, Franz?", fragte Peter seinen Freund.

„Also … ich …", stammelte Franz und trat von einem Fuß auf den anderen, bis er sich schließlich eine Ausrede aus dem Ärmel zu schütteln wusste. „Ich muss noch ein paar Holzscheite in die Küche bringen. Aber geht ihr schon mal vor, ich komm' dann nach."

„Na gut, wie du meinst", erwiderte Peter und bedeutete den Mädchen sich auf den Weg zu machen.

Franz sah den Kindern so lange hinterher, bis sie am Waldrand angekommen waren und schließlich im Gehölz verschwanden. Schnell packte er die Lebensmittel zusammen und eilte davon.

Otto freute sich ungemein über das Essenspaket und verspeiste zunächst einmal das Butterbrot.

„Ich weiß noch gar nicht, wie du heißt", fiel ihm plötzlich ein. Franz verriet Otto seinen Namen und hielt ihm ein Stoffbündel hin.

„Schau, ich hab dir eine saubere Hose, ein Hemd und Socken mitbracht. Müsst' dir passen, du bist ja ungefähr so groß wie ich. Die Socken hat meine Oma gestrickt."

Otto nahm die Kleidung dankend an sich und schlüpfte hinein. Die Hosenbeine und die Ärmel waren etwas zu kurz, doch das war ihm egal. Es fühlte sich einfach unbeschreiblich gut an, nach langer Zeit wieder einmal in frischen Kleidern zu stecken.

Franz sammelte die schmutzige Wäsche zusammen und meinte, er bringe die Sachen zu Polina. Es würde ihr nicht auffallen, dass es fremde Kleidung war. Er machte sich in die Waschküche auf und fand dort die Dirne vor, die am Waschbrett die Kleidungsstücke malträtierte und dabei ein heiteres Lied summte.

„Schau Polina, ich hab da noch was Schmutziges. Kannst das bitte mitwaschen?", bat Franz und bekam als Antwort ein freundliches Lächeln. Polina nahm die Sachen an sich.

Froh darüber, dass sie so unkompliziert war und ihm nie Fragen stellte, eilte er wieder nach draußen. An eins hatte Franz allerdings nicht gedacht: Den gelben Stern auf Ottos Mantel mit der Aufschrift „Jude".

Kapitel 3

Es war Sonntag, der Wind blies kalte Herbstluft herbei. Die Leute aus dem Dorf machten sich auf den Weg nach Poching zur heiligen Messe. Rosi trug ihre neue Haarspange und freute sich schon darauf, das Schmuckstück ihren Freundinnen präsentieren zu können. Die Großmutter blieb zuhause, da ihr der Weg über den Kirchensteig zu mühsam war. Sie betete stattdessen in der Stube unterm Kruzifix ihren Rosenkranz. Polina kümmerte sich um das Mittagessen.

Für Franz war der sonntägliche Kirchgang eine lästige Pflicht. Er langweilte sich während der Messe, die ständig nach den gleichen Ritualen ablief. Die Gläubigen leierten monoton das *Vater unser* herunter, murmelten ihr „Amen" und „Vergelt's Gott" und taten so, als lauschten sie den Worten des Pfarrers, der von seiner Kanzel herunterpredigte.

Das Einzige, was Franz spannend fand, war es, der Gruberin zuzusehen, wie sie mit dem Schlaf kämpfte. Alle paar Sekunden döste sie weg, während ihre zwei kleinen Kinder auf der Kirchenbank herumturnten. Die Hofstetterin und die Leitnerin beobachteten die Szene kopfschüttelnd. Sie nahmen immer ausgesprochen fromm und vorbildlich an den Messen teil. Sobald sie aber das Gotteshaus verließen, zerrissen sie sich über alle möglichen Leute das Maul. Keiner blieb vor ihren missbilligenden Blicken verschont.

Dass der Mann der Gruberin und einer ihrer Söhne im Krieg gefallen waren, dass die meisten Verwandten der Bäuerin an der Front waren oder gar nicht mehr lebten, dass sie ihre Schwiegermutter zu pflegen hatte, dass die Frau einen riesigen Hof bewirtschaftete, zwei kleine

Kinder hatte und sich von früh bis spät abrackerte, daran dachten die scheinheiligen Weiber natürlich nicht. In ihren Augen war ein guter Christ, wer so oft wie möglich am Gottesdienst teilnahm und regelmäßig zur Beichte ging. Alles andere war nebensächlich.

Mit einem ausgedehnten „Gehet hin in Frieden" entließ der Pfarrer die Gemeinde. Franz musste nur noch das Ende des Orgelspieles abwarten, bis er endlich die ungemütliche Kirchenbank hinter sich lassen konnte – zumindest bis zum nächsten Sonntag.

Am Kirchenplatz unter der alten Linde wurden Neuigkeiten ausgetauscht, so manche körperlichen Beschwerden beklagt, über den Krieg diskutiert und den einen oder anderen geschimpft, der es vor lauter Arbeit wieder einmal nicht in die Messe geschafft hatte. Die alten Männer, die jungen waren ja im Kriegsdienst, steuerten das Pochinger Wirtshaus an, um dort ihre Unterhaltung bei einer Halben Bier weiterzuführen.

Franz wollte sich so schnell wie möglich auf den Heimweg machen, wurde aber von Peter aufgehalten, der sich erkundigte, warum er am Vortag nicht mehr nachgekommen sei. Franz hatte beinahe den ganzen Tag im Heuboden bei Otto verbracht. Die beiden waren im trockenen Gras gelegen, hatten sich voneinander erzählt und mit den Kätzchen gespielt. Dass er Peter versprochen hatte, beim Brombeerenpflücken dabei zu sein, war Franz komplett entfallen.

Er log, dass er dem Großvater mit den Pferden geholfen hatte, woraufhin er vorschlug noch am selben Tag gemeinsam etwas zu unternehmen. Die Freunde verabredeten sich für den Nachmittag.

„Gehst jetzt heim?", wollte Peter wissen.

Franz nickte.

„Ich komm' mit, die Mutter braucht sowieso noch eine Ewigkeit, bis sie mit dem Tratschen fertig ist."

Gemeinsam machten sie sich auf den Weg nach Brechthofen.

Am Tag des Herrn kam Fleisch auf den Tisch, das von der eigenen Schlachtung stammte. Der Großvater führte diese immer mit Hilfe des Schuster Hans durch. Auch Franz musste, seit der Vater nicht mehr da war, mitanpacken.

Wenn der Altbauer der betäubten Sau den Kopf zurückzog, bis der Hals spannte und dem Tier schließlich die Kehle durchschnitt, war es Franz' Aufgabe, das in einem Schwall herausströmende Blut aufzufangen. Damit es nicht gerann, musste es sofort kräftig durchgerührt werden.

Viel Arbeit bedeutete es, wenn der Fleischhacker daraufhin ins Haus kam, um das abgestochene Schwein zu zerlegen. Die Schlachtung samt Verarbeitung des Fleisches nahm oft mehrere Tage in Anspruch, denn so gut wie alle Teile des Tieres wurden verwertet.

Das Hirn bereitete die Großmutter mit Ei in einer Pfanne zu. Es war eine kleine Delikatesse und den Schlächtern vorbehalten. Der Großvater half beim Zerlegen und kümmerte sich um das Einsalzen des Schinkens, die Mutter stellte die Bratwürste her und gewann aus den Bauchfettlappen Schmalz. Polina putzte die Gedärme durch und bewachte den mit Innereien gefüllten dampfenden Wurstkessel auf dem Holzofen.

Um die Blutwürste kümmerte sich die Großmutter. Sie verstand es, aus den gekochten und gekutterten Schwarten und dem Wurstfleisch, vermengt mit Zwiebeln und Blut, eine würzige Masse herzustellen. Mit dem

Majoran dürfe man auf keinen Fall sparen, lehrte sie Rosi stets, die ihr dabei half den Brei mittels eines Trichters in die gesäuberten Därme zu füllen. Keine leichte Aufgabe, die viel Feingefühl und Geduld verlangte, da die dünnen Häute leicht rissen und man darauf achten musste, dass sich beim Stopfen keine Luftblasen bildeten, welche die Haltbarkeit beeinträchtigt hätten. Franz hatte es auch einmal versucht. Schnell war ihm aber eine andere Arbeit zugeteilt worden. Er betätigte die Kurbel des Fleischwolfes und durfte mit der Stopfnadel in die Würste stechen, damit diese beim Braten nicht platzten.

Fleisch war ein wertvolles Lebensmittel und begehrtes Tauschgut. Tauschhandel wurde prinzipiell unter der Hand betrieben. Geheim versuchte man auch das riskante Schwarzschlachten zu halten, das für den Großvater aber nie in Frage kam. Zu groß war die Gefahr, dabei erwischt und hart bestraft zu werden. Jeder Hof musste die Erlaubnis zur Schlachtung einholen und war dazu angehalten einen Teil des Fleisches abzuliefern. Dennoch ging so mancher Bauer das Risiko ein, ohne Schlachtschein ein Tier abzustechen.

Franz hätte Otto gerne etwas von dem Geselchten, das es an diesem Tag zu Mittag gab, abgegeben, aber es war nichts übriggeblieben. Also wollte er dem Jungen zumindest warme Milch und ein paar Scheiben Brot bringen. Wie jedes Mal musste er Angst haben, beim Stöbern in der Speisekammer erwischt zu werden.

Mit dem Brot in der Hosentasche und einem Häferl Milch in der Hand schlich er sich in den Hof hinaus. Gerade als er die Stiege hinauf zum Heuboden nehmen wollte, sah er den Großvater aus dem Mostkeller kommen. Blitzschnell verkroch sich Franz unter der Treppe und hoffte nicht entdeckt zu werden. Der Großvater ging mit einem Krug Most zurück ins Haus. Franz eilte aus seinem Versteck. Fast hätte er die Milch verschüttet, als plötzlich seine Schwester vor ihm stand. Ihr Blick fiel auf das Häferl.

„Bist auf dem Weg in den Heuboden?! Ich weiß schon, was du da oben immer tust", sagte sie, ihren Bruder musternd. Franz erstarrte. War er wirklich derart unvorsichtig gewesen, dass Rosi in kürzester Zeit herausgefunden hatte, dass er jemanden versteckte? Sie würde es gewiss der Mutter verraten, denn sie war eine äußerst gehorsame Tochter.

Rosi und Franz verstanden sich zwar gut und stritten nur selten, aber Geheimnisse vertraute er der vier Jahre älteren Schwester nie an. Zu groß war die Gefahr, dass sie diese ausplaudern würde.

Das Mädchen mit dem langen dunkelbraunen Haar, welches stets zu einem geflochtenen Zopf gebunden war, grinste Franz an.

„Keine Angst, ich verrat schon nichts. Ehrlich!", beteuerte sie, doch ihr Bruder blieb misstrauisch.

„Jetzt schau halt nicht so g'schreckt drein", lachte sie auf. „Ich will ja genau so wenig wie du, dass die Katzerl erschlagen werden."

Franz war kurz verwirrt, begriff dann aber, dass Rosi von dem Judenjungen keine Ahnung hatte.

„Und jetzt geh rauf und bring ihnen die Milch bevors kalt wird." Die Schwester boxte ihrem Bruder sanft auf den Oberarm und zwinkerte ihm zu. Franz atmete auf und lächelte erleichtert. Sogleich nahm er die Treppe und verschwand im Heuboden.

Franz hatte nicht lange bei Otto bleiben können, da er mit Peter verabredet war. Mit dem Schnitzmesser und der Steinschleuder in der Hosentasche lief er zum Stock-hammerhof und klopfte an die Eingangstür. Nach kurzem Warten öffnete Peters Mutter. Sie begrüßte Franz mit einem energischen „Heil Hitler", das sich nicht mit ihrem freundlichen Gesichtsausdruck vereinbaren ließ.

„Du willst sicher zum Peter", stellte die rundliche Frau in der blau geblümten Kleiderschürze fest. „Der sucht noch sein Schnitzmesser. Das muss er wieder verschustert haben."

Die Stockhammerin bat Franz herein und bot ihm an, von ihrem Kuchen zu probieren. Das ließ er sich natürlich nicht zwei Mal sagen. Franz war schon oft in den Genuss der Backkünste der begabten Köchin gekommen. Sonntags gab es bei ihr immer Kuchen.

So saß er nun in der großen Stube, der kleine Adolf brabbelnd in seinem Körbchen neben dem Kachelofen, und konnte seinen Blick nicht von den drei Hitlerbildern an der Wand wenden.

Sie hingen neben einem Gemälde der heiligen Maria samt Jesuskind über der Kommode aus Eschenholz. Eine Vase mit frischen Dahlien dekorierte den alten Schubladenkasten. Irgendwie fand Franz die Bilder fehl am Platz: der Führer im Profil mit ernster Miene, der Führer stolz posierend in seiner Uniform, der frenetische Führer beim Halten einer Rede und daneben die sanfte Maria mit dem unschuldigen Kind am Schoß.

Franz wusste nicht so recht, was er von diesem furchteinflößenden Mann, den er schon öfters aus dem Volksempfänger brüllen gehört hatte, halten sollte.

Seine Familie stand dem Nationalsozialismus und vor allem der grausamen Judenverfolgung, über die nur selten gesprochen wurde, kritisch gegenüber. Im Endeffekt wollte aber auch seine Familie einfach keine Scherereien und hielt sich aus allem Politischen raus. Gegenüber Franz betonte der Großvater immer wieder, er solle nicht alles glauben, was man so über die Juden erzählte.

Franz hatte ohnedies keinen Grund diese häufig als „Volksfeinde" oder „Parasiten" beschimpfte Menschengruppe zu verachten oder gar zu hassen. In der Hitlerjugend bekam er öfters derartige Bezeichnungen zu hören. Peter und er waren erst seit kurzem Mitglied der HJ. Die Beteiligung war verpflichtend, worüber die Mutter von Franz gar nicht erfreut war. Ganz anders die Stockhammerin, die es kaum erwarten hatte können, dass ihr Peter endlich der Organisation beitreten würde.

Ungeheuer stolz war sie gewesen, als ihr Junge das erste Mal in die beige Uniform geschlüpft war. Sie war sehr dahinter, dass sich ihr Sohn in dieser Vereinigung tatkräftig engagierte. Der war jedoch nicht so eifrig, wie seine Mutter sich das vorstellte. Er und Franz schwänzten des Öfteren so manche Veranstaltung und trieben sich lieber im Gehölz herum. Nie hätte die Stockhammerin davon Wind bekommen dürfen. Aber zu Peters und Franz' Glück war die Hitlerjugend in Poching, wo die meisten Leute dem Nationalsozialismus insgeheim eher skeptisch gegenüberstanden und außerdem die Kinder vor allem zuhause gebraucht wurden, ohnehin nicht ausgesprochen aktiv und organisierte lediglich dann und wann Sammelaktionen oder Heimabende.

Franz nahm einen Bissen vom Rosinenkuchen. Aus dem Garten drang lautes Gelächter in die Stube, das von Peters Schwestern Lini und der kleinen Barbara kam, die gemeinsam mit den Stiegler Mädchen spielten.

„Und gefällt's dir in der Hitlerjugend?", wollte die Stockhammerin eine Unterhaltung beginnen und sah Franz mit ihren stahlblauen Augen erwartungsvoll an.

Dieser nickte nur und musste auch gar nicht lang zu erzählen anfangen, denn die mollige blonde Frau setzte sogleich zu einem Monolog an.

Sie schwadronierte davon, dass aus ihrem Peter einmal ein strammer, tapferer Soldat werden würde, der gewiss das Zeug dazu habe, es nach ganz oben zu schaffen. Ob Franz nicht auch einmal Soldat werden wolle, fragte sie, erwartete aber allem Anschein nach keine Antwort, da sie geradewegs weiterredete. Mit ihrem Blick fixierte sie dabei eines der Hitlerbilder, so als redete sie nicht mit Franz, sondern mit dem Führer. Ihr gerade noch freundlicher Gesichtsausdruck verhärtete sich und schlug mit einem Male in Verachtung um. Sie ließ sich über den alten Lehrer Weibold aus, der ihrer Meinung nach nichts vom Nationalsozialismus verstand und den Kindern staubige Inhalte vermittelte. Sie empörte sich darüber, dass der alte Mann nicht einmal den Hitlergruß ausführte. Wäre es nach ihr gegangen, sie hätte ihn schon längst suspendiert, wenn nicht ins Gefängnis gesteckt. Nur gut, dass die Lehrerin Lantos nicht mehr an der Schule unterrichte, fuhr sie fort. Eine Jüdin als Pädagogin – das sei einfach undenkbar. Die würde die Kinder noch zum Judentum erziehen.

Franz war erschrocken über die Aussagen der Nachbarin und froh, als Peter zur Tür hereinkam.

„Schaust bald wieder rüber, Franz!", rief sie ihm nach, als er und Peter das Haus verließen. Franz war nicht sicher, ob er sich so schnell wieder eine Rede der Stockhammerin anhören wollte. Da konnte sie noch so gute Kuchen backen.

Franz und sein Freund schlenderten durch den Wald und scheuchten da und dort ein paar Rebhühner oder

Hasen auf. Der zwischen den drei Höfen Brechthofens aufgeteilte Forst war nicht sonderlich groß. Den größten Anteil besaßen die Stockhammer.

Während die Jungen sich auf dem Weg zu ihrem Geheimversteck durch das Dickicht mühten, überlegte Franz, ob er seinem Freund von dem Jungen im Heu erzählen sollte.

Peter konnte er vertrauen, das wusste er. Was ihm jedoch zu denken gab, war die Stockhammerin. Falls Peter auch nur ein Wort über den versteckten Juden herausrutschte, würde seine Mutter keine Sekunde zögern und die SS informieren. Das wäre dann nicht nur für Otto das größte Unglück gewesen, ein Verrat hätte Franz' ganze Familie zum Verhängnis werden können.

„Du, Peter ...", fing Franz zögernd an.

„Ja, was ist denn?", erwiderte dieser, während er eine Handvoll Brombeeren von einem Dornenstrauch zupfte und sich in den Mund schob.

„Der Jud' ... ich mein' bei uns ... also falls da einer wär' ...", stammelte Franz. Peter sah ihn fragend an und gab ihm zu verstehen, dass er kein Wort von dem Gestotter begriff.

„Also, ein Jud' ... was ich sagen will ...", versuchte Franz es.

„Ich weiß schon, was du mir sagen willst", unterbrach ihn Peter. Franz sah ihn überrascht an.

„Ja, ich weiß schon, dass du einen Jud' g'funden hast. Der Schuster Hans hat's meinem Opa erzählt und ich hab das zufällig mitangehört, weil der Schuster so geschrien hat. Mein Opa hört ja fast nichts mehr, weißt eh."

Ja, das wusste Franz, dass der Großvater von Peter nahezu taub war und ihm außerdem ein Bein fehlte, das er im Ersten Weltkrieg verloren hatte.

Franz war angesichts des Gesagten irritiert. Woher sollte denn der alte Schuhmacher von dem Juden wissen?

„Sie haben ihn dem Totengräber übergeben", fügte Peter hinzu.

Erst jetzt begriff Franz, dass sein Freund den Erschossenen im Bach meinte. Der entsetzliche Anblick stieg in ihm wieder hoch.

„Mach dir nichts draus", versuchte Peter seinen Freund aufzuheitern, „es war ja nur ein Jud'."

Franz wurde augenblicklich wütend und stieß Peter so kräftig zurück, dass er auf dem Boden landete.

Wie konnte Peter nur so etwas sagen? Der Mann, der da kaltblütig ermordet worden war, liegengelassen wie ein Häufchen Dreck, war doch nicht bloß ein Jud'. Er war ein Mensch. Ein Vater, dessen Sohn zusehen musste, wie ihm auf grausame Weise das Leben ausgehaucht wurde. Kein Mensch auf Erden hatte es verdient, auf diese Art sein Leben zu verlieren. Niemand hatte das Recht über Leben und Tod eines anderen zu entscheiden.

Franz machte auf dem Absatz kehrt, lief aus dem Wald hinaus und zum Dorf zurück. Er hinterließ einen verdatterten Peter, der sich langsam vom Waldboden erhob und das Hinterteil rieb. Er verstand nicht, was so plötzlich in seinen Freund gefahren war und ihn derart erzürnt hatte.

Kapitel 4

Der Herbst war dieses Jahr früh mit all seiner Farbenpracht ins Land gezogen. Die Tage wurden kürzer, die Sonnenstrahlen schwächer und der Nebel immer zäher.

Viel Arbeit stand den Bauersleuten bevor. Die Winteräpfel mussten gepflückt und eingelagert, das Mostobst aufgesammelt, die Kartoffeln aus der Erde geholt, die Zwiebeln und Karotten eingewintert und das Weißkraut geerntet werden. Die Kinder blieben dieser Tage von der Schule zuhause, um am Hof mitzuhelfen.

Otto saß etwas gelangweilt in seinem Versteck, streichelte die anschmiegsame Schnurli und beobachtete das Treiben vor der Scheune. Franz und seine Familie waren dabei, auf der Streuobstwiese ihre Kübel mit Äpfeln und Birnen zu füllen. Gerne wäre Otto auf der von den letzten verblühenden Flockenblumen und Schafgarben gezierten Wiese herumgelaufen. Er hätte sich zudem ein wenig nützlich machen können, aber hier oben war es für ihn eben am sichersten.

Die Sonne schimmerte durch hohe Schleierwolken. Hinter der Scheune stand ein Dutzend alter knorriger Mostobstbäume auf der Wiese. Im Frühling schmückten sich diese jedes Jahr mit unzähligen weißen Blüten, so als ob sie Hochzeit feierten. Dabei verströmten sie einen herrlichen Duft und luden zum Träumen ein. Jetzt im Herbst kleideten sie sich mit einer rot-gelben Robe und leuchteten im Sonnenschein wie Feuer. Dieses Farbenspiel dauerte leider nie allzu lange an, denn die Bäume tauschten ihr Farbenkleid bald gegen ein dunkles braunes Trauergewand, das schließlich nach und nach vom Wind davongetragen wurde.

Franz sammelte die kleinen gelb-orangen Mostbirnen auf und warf sie in seinen Kübel. Der Großvater erinnerte ihn ständig aufs Neue, nur die schönen Früchte zusammen zu klauben und auf gar keinen Fall eine faulige Birne unter das gute Obst zu mischen. Alle halfen mit, sogar die Großmutter, die sich mit dem Bücken ohnedies schon schwertat.

Franz musste ununterbrochen an Otto denken, der den ganzen Tag allein im Heu herumsaß. Andauernd blickte er zum Heustadel, was dem Großvater nicht verborgen blieb.

„Was schaust denn die ganze Zeit zum Stadl rüber?", wollte der alte Mann schließlich wissen und sah Franz fragend an.

„Ich? Äh … Ach, nichts", bekam er von seinem Enkel zur Antwort.

Der Großvater blickte etwas skeptisch drein, zuckte aber nur mit den Schultern. Er leerte seinen Kübel in einen großen Jutesack, band diesen mit einer Schnur zu und hievte ihn auf den Karren.

Das Obst wurde in der alten Mostpresse entsaftet und in Eichenfässern im Mostkeller zur Gärung gelagert. Seit die Knechte und der Vater fort waren, wurde nicht mehr viel Most gebraucht. Die Großmutter musste weitgehend darauf verzichten, da sie die Gicht plagte und der Konsum der anderen Frauen hielt sich ebenfalls in Grenzen. Am meisten trank der Großvater, der das alkoholische Getränk aus seinem alten, schon etwas ramponierten Mostkrug schlürfte. Tante Fanny hatte ihm einst einen schönen neuen bemalten Krug aus der Stadt mitgebracht, doch an diesem war der Großvater nicht interessiert.

Sonntagabends, wenn das Wetter es erlaubte, saß er meistens mit dem Schuster Hans auf der Gartenbank vor der Scheune, zwischen ihnen der alte Krug. Die beiden Männer rauchten ihre Pfeife, spielten mit abgegriffenen vergilbten Karten eine Partie *Schnapsen* und konsumierten dabei reichlich von dem goldfarbenen Trunk. Peter und Franz hockten dann häufig im Schneidersitz auf dem Boden und sahen den Alten gespannt beim Kartenspielen zu. Franz wurde bei dieser Gelegenheit von seinem Großvater wiederholt in den Keller geschickt, um den leeren Krug erneut zu befüllen. Die Partie wurde immer lustiger, der Krug leerte sich immer schneller und ehe man sich versah, hatte der Großvater nichts mehr dagegen, wenn sich Franz und Peter ebenfalls einen Schluck Most gönnten.

Die Mostobsternte dauerte den ganzen Nachmittag. Franz streckte sich einmal ordentlich durch, da ihm vom vielen Bücken allmählich der Rücken steif wurde. Nach der Ernte stand aufs Neue die Stallarbeit an.

Wie jedes Mal beeilte sich Franz vor den anderen fertig zu sein, um unbemerkt in der Küche für Otto nach etwas Essbarem suchen zu können. Sogleich sich die Bauersleute nach getaner Arbeit nach drinnen begaben, schlich Franz die Treppe zum Heuboden hinauf, bemerkte jedoch nicht, dass er beobachtet wurde.

Neugierig verfolgten die Augen des Beobachters Franz' Weg. Zugleich registrierte er das Essenspaket in dessen Händen. Was der Bub wohl vorhatte? Noch eine ganze Weile blickte er zum Heustadel hinauf, machte sich aber dann schließlich wieder an die Arbeit und schrubbte die Milchkannen sauber.

Am Morgen lag Otto unter einer kuscheligen Schicht aus Heu und wurde von Franz geweckt, der das aus einem Häferl Milch und einem Scherz Brot bestehende

Frühstück brachte. Er hatte ein Bündel dabei und schaute etwas besorgt drein.

Otto richtete sich auf und nahm von draußen in den Stadel dringende Motorengeräusche wahr, die augenblicklich ein beklemmendes Angstgefühl in ihm heraufbeschworen. Unwillkürlich wallte die Erinnerung an die Lastwägen, die seine Familie fortgebracht hatten, in ihm auf. Er glaubte die entsetzlichen Schreie und die Schüsse abermals zu hören. Die Furcht drückte schwer auf seinen Magen, als hätte er einen Stein verschluckt. Er sah Franz eine Zeitlang fragend und zugleich ängstlich an. Ihm schwante nichts Gutes.

„Schau Otto, dein Gewand. Frisch gewaschen!", brach Franz nach einer Weile das Schweigen. Otto nahm seine Kleider entgegen, den Bauersjungen weiterhin erschrocken fixierend.

„Was sind das für Geräusche, Franz? Wer ist da?", fragte Otto mit zitternder Stimme. Franz ließ seinen Blick Richtung Scheunenfenster gleiten und überlegte kurz. Otto kam es wie eine Ewigkeit vor, bis er endlich eine Antwort erhielt.

„Ach, das meinst du. Das kommt vom Stieglerhof. Der Onkel ist da und hilft bei der Erdäpfelernte. Weißt, der ist ein großer Bauer und hat schon einen Traktor."

Otto atmete auf. „Ein Traktor … Ich dachte schon, die SS ist da und will mich mitnehmen, so wie du dreingeschaut hast", lachte er erleichtert auf. Doch als er bemerkte, dass sich der sorgenvolle Gesichtsausdruck seines Gegenübers nicht änderte, wurde er abermals von Furcht ergriffen.

„Was ist denn los? Sag schon!", drängte Otto nervös.

„Dein Mantel …", begann Franz.

„Was ist damit?", unterbrach ihn Otto.

„Dein Mantel … der Judenstern … er ist noch drauf."

Otto verstand nicht, worauf Franz hinauswollte, und blickte verwirrt auf das Kleidungsstück. Der gelbe Davidstern bildete einen starken Kontrast zu dem Grau des Mantels.

„Verstehst denn nicht? Es ist unmöglich ihn beim Waschen zu übersehen."

Franz machte sich ernsthaft Sorgen. Er hatte seine frische Wäsche wie gewohnt feinsäuberlich zusammen gelegt auf dem Bett in seiner kleinen Kammer vorgefunden. Die paar Sachen von Otto lagen allerdings separat auf dem Stuhl in der Ecke. Polina musste bemerkt haben, dass sie nicht Franz gehörten. Sie musste den gelben Stern gesehen haben. Was, wenn sie der Mutter davon erzählte? Franz war sich nicht sicher, ob diese das Risiko auf sich nehmen und einen Juden am Hof verstecken würde. Oder was wenn die Großmutter davon erfuhr? Sie würde wohl in Otto eher eine Bedrohung für die gesamte Familie sehen, als einen Jungen, der Schutz brauchte.

Was Franz' Bedenken ein wenig abschwächte, war die Tatsache, dass Polina, so wie jedes Mal, keine Fragen gestellt und die Kleider wie immer in seine Kammer gebracht hatte. Sie hätte den Mantel auch gleich der Mutter zeigen können oder Franz darauf ansprechen. Nein, auf Polina war Verlass, das wusste Franz. Er war zuversichtlich, dass die Russin zu keinem ein Wort sagen würde. Zumindest hoffte er es.

„Was machen wir denn jetzt?", stammelte Otto, dem nun klar war, dass nicht länger nur Franz über seine Anwesenheit Bescheid wusste.

„Gar nichts", erwiderte Franz, „Polina verrät nichts!"

Otto las allerdings deutlich erkennbare Zweifel in dem Gesichtsausdruck seines Gegenübers.

Kapitel 5

Graue Wolken verdeckten allmählich das Blau des Himmels. Man hoffte, dass sie keinen Regen brachten, denn die Kartoffelernte war bereits voll im Gange.

Das kleine Ackergrundstück grenzte direkt an die Streuobstwiese. Der Großvater war für das Auspflügen verantwortlich, bei dem er den pferdebespannten hölzernen Hundspflug geschickt lenkte und so die Kartoffeln freilegte, damit diese von den anderen Familienmitgliedern aufgelesen werden konnten. Der vollbeladene Ackerkarren wurde anschließend mehrmals in der Scheune entleert.

Das Klauben der Erdäpfel war Franz eine lustige Tätigkeit, ganz im Gegensatz zum noch bevorstehenden mühsamen Aussortieren. Dabei kamen die Kartoffeln, nachdem sie eine Zeitlang abtrocknen durften, auf die Sortiermaschine, die der Großvater selbst gebaut hatte. Mit einer Gabel schaufelte dieser die Knollen auf den mit einer Kurbel angetriebenen Rüttelkasten. Dabei wurden sie von der letzten trockenen Erde und dem Staub befreit. Die kleinen Kartoffeln fielen durch ein Gitter, wurden von Rosi aufgelesen und fanden, nachdem sie im Erdäpfeldämpfer weichgekocht wurden, als Schweinefutter Verwendung. Die Großmutter saß auf einem Stuhl am Ende der Maschine und beförderte die größeren Erdäpfel in einen Korb. Beschädigte und faulige Exemplare sortierte sie aus.

Franz' Aufgabe war, die im Rüttelsieb hängengebliebenen Kartoffeln weiterzuschieben, was für den Jungen die langweiligste Arbeit darstellte, die er sich überhaupt vorstellen konnte.

Knolle für Knolle warf Franz in seinen Eimer. Vom Nachbarhof drangen die lauten Motorengeräusche des Traktors herüber. Anton, der jüngste Sohn, durfte die ratternde Zugmaschine lenken.

Der Großvater konnte sich für die lärmende und stinkende motorisierte Landmaschine ganz und gar nicht begeistern. Der Stieglerin aber brachte der Traktor ihres Bruders etwas Erleichterung, hatte sie es doch nicht leicht, denn ihr Mann und ihre zwei ältesten Söhne waren an der Front und am Hof gab es jede Menge zu tun.

Die viele Arbeit war für die Bäuerin allerdings nicht die größte Belastung. Vielmehr machte ihr die alltägliche Angst um ihre Lieben, die weit weg von daheim im Krieg kämpften, zu schaffen. Ständig hörte man von Soldaten, die als vermisst oder verstorben gemeldet wurden. Auch Franz' Mutter machte sich große Sorgen um ihren Mann. Schon lange war kein Brief mehr gekommen und sie wartete sehnsüchtig auf ein Lebenszeichen.

Franz beobachtete Polina, wie diese die Kartoffeln von der Erde aufsammelte. Sie verhielt sich wie immer. Es gab nichts, das darauf schließen ließ, dass sie etwas über Franz' Geheimnis herausbekommen hätte.

Die Russin sah kurz auf. Ihre Blicke trafen sich. Polina lächelte den Jungen an und zwinkerte ihm zu. Franz fühlte sich ertappt und spürte wie seine Ohren vor Verlegenheit zu glühen begannen. Schnell wandte er sich ab und widmete sich wieder seiner Arbeit.

Die grauen Wolken ließen es glücklicherweise nicht regnen und so konnte die Ernte trocken in die Scheune gebracht werden. Nach getaner Arbeit ging es von Neuem in den Stall.

Polina goss gerade die gemolkene Milch in die Schleuder, als sie von den vier Hofkatzen belästigt wurde, die zu ihren Füßen miauend um Milch bettelten. Die Russin erbarmte sich und suchte nach der Katzenschüssel, um den kleinen Plagegeistern etwas abzugeben. Sie konnte diese allerdings nicht ausfindig machen und entschied daher einen Suppenteller aus der Küche zu holen.

Als sie eintrat, entdeckte sie, dass sie nicht die Einzige war, die etwas aus der Küche benötigte. Franz stand mit einem Messer an der Anrichte und bearbeitete den bereits angeschnittenen Laib Brot. Er wirkte von Polinas Erscheinen überrascht und sah die junge Frau im schmutzigen Stallgewand verdutzt an.

Während Polina zu dem Küchenkasten ging und einen alten Suppenteller herausholte, bemerkte sie mit einem Tonfall, den Franz nicht so recht einzuordnen wusste: „Hast schon wieder Hunger, Burschi? Darum ist Brot immer so schnell weg. Aber musst ja viel essen, weil noch wachsen."

Sie setzte ein Grinsen auf, zwinkerte Franz wie so oft zu und huschte zur Tür hinaus. Der perplexe Junge blieb noch eine Weile reglos stehen und wusste nicht, wie er Polinas Andeutung auffassen sollte.

Die Krauternte musste noch warten, da der kühle Westwind die grauen Wolken zusammentrieb, bis kein Blau mehr am Himmel zu sehen war und sich starke Regengüsse über das Land ausbreiteten.

Franz war es nur recht, dass der Regen den Bauersleuten eine Pause von der Arbeit aufzwang, er bei Otto im Heu sitzen und mit den Kätzchen spielen konnte. Je mehr der Wind mit gespenstischem Geheule durch die Ritzen pfiff und der Regen lautstark auf das Scheunendach prasselte, desto behaglicher fühlten sich die zwei Buben in ihrem kuscheligen Versteck.

„Schau dir den an!", lachte Otto und hielt ein weißes Kätzchen mit rußfarbenen Pfötchen in die Höhe, das unter der Nase einen schwarzen Fleck aufwies.

„Den taufen wir Adi", sagte Franz belustigt, nahm das Katzenjunge und streckte dessen rechte Pfote in die Höhe. „Heil Hitler!", witzelte Franz mit verstellter Stimme, „Ich bin es, euer Führer Adolf Hitler. Heil dem Deutschen Reich!"

Otto musste lauthals loslachen und auch Franz bekam einen Lachanfall. Die beiden ließen sich ins Heu plumpsen und konnten sich nur schwer wieder einkriegen. Als sie sich allmählich beruhigten, bemerkte Franz, dass das Gelächter neben ihm in ein Schluchzen übergegangen war. Er drehte den Kopf zu Otto und sah, dass diesem Tränen über die Wangen liefen.

„Otto, was ist denn?", fragte Franz zaghaft.

„Nichts, geht schon wieder", antwortete Otto, „es ist nur … Wenn der Hitler nicht gekommen wär', würden meine Eltern noch leben. Ich würd' zur Schule gehen, der Vater in die Arbeit und die Mutter unser Lieblingsessen kochen. Ich müsst' mich nicht hier verstecken und Tag für Tag davor zittern, gefunden zu werden."

Franz wusste nicht, was er erwidern sollte. Die beiden Jungen schwiegen eine Weile bis Otto begann, leise ein Lied vor sich hin zu singen, dessen Worte Franz fremd waren. Er lauschte der melancholischen Melodie und musste an seinen Vater denken.

Wie es ihm wohl ging in der Ferne, im Kriegsgeschehen? Ob er oft an seinen Sohn dachte, so wie er an ihn? Würde er unversehrt in die Heimat zurückkommen oder einer von vielen sein, die an der Front ihr Leben ließen? Wenn er doch wieder einmal etwas von sich hören lassen und einen Brief schicken würde.

Ein lautes Geraschel riss Franz aus seinen Gedanken. Otto brach seinen Gesang abrupt ab und versuchte sich so gut es ging unter dem getrockneten Gras zu verbergen. Franz bedeckte ihn mit Heu bis er nicht mehr sichtbar war. Die Geräusche waren nun in unmittelbarer Nähe. Jemand schlich in der Scheune herum, aber was hatte derjenige hier zu suchen?

Franz spähte vorsichtig hinter dem Heuhaufen hervor und wurde sogleich von dem Eindringling gesichtet.

„Da steckst du ja", rief ihm dieser zu und kam an ihn heran.

„Was machst du denn hier?", wollte Franz wissen.

„Ich hab ja g'wusst, dass du hier bist. Wie wärs mit einer kleinen Heuschlacht? Oder bist mir immer noch bös' wegen neulich?"

Peter grinste und bewarf Franz mit einer Handvoll Heu. Dieser wurde sichtlich nervös, da er befürchtete, sein Freund könnte Otto entdecken. Franz war zu angespannt, um die Herausforderung zum Spiel anzunehmen.

„Was ist eigentlich mit dir los?", wollte Peter wissen, „Du bist in letzter Zeit ziemlich komisch. Hab ich dich beleidigt?" Franz schüttelte stumm den Kopf.

„Hast du da vorher g'sungen? Was machst eigentlich mit dem Zeug da?", bohrte Peter weiter und deutete auf das Essgeschirr im Heu. „Darfst nicht mehr drinnen essen? Musst jetzt zum Essen in den Heuboden?"

Mit jeder Frage stieg Franz' Nervosität weiter an.

Peter erblickte die Katzenjungen und steuerte geradewegs auf sie zu. „Sind die Katzerl lieb. Von denen hast mir gar nichts g'sagt."

Franz sah es schon vor ihm, wie Peter Otto unterm Heu entdeckte. Kalter Schweiß rann ihm über den Rücken und plötzlich schrie er: „Halt! Wart'! Nicht da hin!"

Peter fuhr augenblicklich zusammen und sah seinen Freund erstaunt an.

„Ich mein', da kannst nicht hin … also … dort ist die Luke. Da ist's gefährlich!", stotterte Franz und war sich bewusst, dass diese Erklärungsversuche seine überzogene Reaktion wohl kaum rechtfertigten, da Peter sehr wohl von dem Loch wusste und es sich noch zu weit weg befand, als dass es in diesem Moment eine Bedrohung dargestellt hätte. Peter ließ seinen Blick zu der offenen Heuluke und wieder zurück zu seinem Freund wandern.

„Schon gut Franz", sagte er in gekränktem Tonfall, „wenn ich stör', dann lass ich dich am besten in Ruh'."

Peter kehrte seinem Freund den Rücken und schickte sich an, den Heuboden zu verlassen.

„Peter! Wart'!", rief Franz ihm hinterher. Sein Verhalten tat ihm augenblicklich leid. Es war auf keinen Fall seine Absicht gewesen, Peter zu verletzen.

Damals, als sie ihr kleines Versteck, das aus ein paar Brettern zwischen zwei Fichten bestand und mit Zweigen von Holundersträuchern überdacht war, im Dickicht des Waldes bauten, schlossen die beiden Freunde den Schwur, nie ein Geheimnis voreinander zu haben. Dieses Versprechen durfte Franz nicht brechen, zumal er dadurch riskiert hätte, seinen besten Freund zu verlieren.

„Peter, ich hab ein Geheimnis", begann Franz hastig.

Otto, der versteckt unter der Schicht Heu die Unterhaltung mitbekam, merkte, dass Franz davorstand, ihn zu verraten. Sein Herz begann zu rasen. Am liebsten wäre er aufgesprungen, um ihn von seinem Vorhaben abzuhalten. Er hoffte, dass Franz ihm nicht in den Rücken fiel.

Doch dann sprach dieser mit gesenkter Stimme das aus, vor dem sich Otto so sehr fürchtete: „Ich hab jemanden versteckt, Peter. Im Heu. Einen Jud'."

Peter starrte Franz befremdet an, als hätte er nichts von dem soeben abgegebenen Geständnis verstanden. Noch nie hatte Franz seinen besten Freund so perplex erlebt. Dem sonst so redegewandten und schlagfertigen Jungen hatte es die Sprache verschlagen. Er sah sich langsam im Heuboden um.

„Wo hast ihn denn versteckt? Ist es ein Jud' aus der Lederfabrik?", wollte Peter wissen.

Franz deutete seinem Freund ihm zu folgen.

„Otto, du kannst dich zeigen. Er wird nichts verraten", rief Franz in der Annahme, Otto würde aus seinem Versteck kommen. Doch dieser blieb unter seiner schützenden Schicht aus getrocknetem Gras reglos liegen und getraute sich kaum zu atmen. Als er spürte, wie jemand das Heu von ihm runterschob, schloss er die Augen.

„Du bist verrückt, Franz", hörte er den Nachbarsjungen sagen. „Du kannst nicht einfach hier einen Jud' verstecken. Was, wenn ihn die SS findet?"

„Die SS wird ihn nicht finden. Wo soll er denn hin, Peter? Wir können ihn nicht einfach im Stich lassen", konterte Franz.

Peter reagierte barsch: „Die Juden muss man melden, Franz, sonst droht einem eine Strafe. Das weiß jeder!"

„Dann schickst ihn aber in den Tod", erwiderte Franz. Peter verstummte.

Otto wurde während dieser Diskussion sowohl von Angst als auch Schuldgefühlen geplagt. Nur mit größter Mühe konnte er die aufsteigenden Tränen unterdrücken.

„Otto, steh doch auf!", bat Franz, doch der Junge blieb liegen und kniff schluchzend die Augen zusammen.

Franz warf Peter einen flehenden Blick zu.

„Peter, bitte!", hauchte er hilflos und war nun ebenfalls den Tränen nahe.

Peter schien die Situation abzuwägen, ließ aber auf eine Äußerung warten. Er dachte unwillkürlich an seine Mutter, die eine derartige Abneigung gegenüber den Juden hegte und den Nationalsozialismus in einer so fanatischen Weise verherrlichte, dass es Peter oft vorkam, eine Fremde stünde vor ihm. Seine Mutter war eigentlich eine freundliche, großzügige Frau, doch sobald sich jemand kritisch über den Führer äußerte oder die Juden in Schutz nahm, wurde sie misstrauisch und feindselig. Manchmal empfand er ihren Wahn geradezu als unheimlich.

„Du brauchst dich nicht fürchten", beruhigte er Otto schließlich. „Ich werd' niemandem etwas sagen."

Langsam schritt er an den vor Angst zitternden Jungen heran und kniete sich zu ihm nieder.

„Ich mach das fürn Franz, weil er mein bester Freund ist und ihm anscheinend viel daran liegt dir das Leben zu retten. Nun komm, hör doch auf zu heulen. Ich bin übrigens der Peter."

Zögernd richtete sich Otto auf. Er sah in zwei blaue Augen eines blonden Jungen, der versuchte ihm ein aufmunterndes Lächeln zu schenken. Peter registrierte den gelben Stern an Ottos Mantel. Ein Anflug von Mitleid überkam ihn. Franz fiel ein Stein vom Herzen. Peter war nicht umsonst sein bester Freund.

„Na gut. Das ist jetzt unser Geheimnis. Niemand wird davon erfahren", flüsterte Peter beschwörend. Er streckte seine Hand in die Mitte der kleinen Runde und sah die anderen auffordernd an. Mit Erleichterung und Zuversicht schlugen sie ein.

Am Abend saß Franz in der gemütlichen Bauernstube und spielte mit Polina und Rosi eine Runde *Schwarzer Peter*. Der Kachelofen spendete eine wohlige Wärme. Im gegenüberliegenden Winkel des Raumes befand sich die hölzerne Eckbank, darauf einige bestickte Kissen, und der schwere wurmstichige Holztisch, dekoriert mit einem weißen Spitzendeckchen. Über der Szenerie wachte der ans Kreuz genagelte Jesus.

Der abgewetzte Holzboden der Stube war alt und knarzte bei jedem Schritt, den man tat. Die von rotkarierten Seitenteilen behangenen kleinen Fenster ließen nur wenig Licht in den Raum. In einer gläsernen Kredenz bewahrte die Mutter das wertvolle Kaffeeservice auf, das nur zu bestimmten Anlässen aus dem Schrank geholt wurde. Neben dem geblümten Porzellan warteten die Schnapsgläser und -flaschen auf ihren Einsatz.

Das Schnapsbrennen war die große Leidenschaft des Vaters, der aus Zwetschken und Birnen Hochprozentiges zauberte. Schon mehrmals hatte der eine oder andere bei so mancher Kartenrunde etwas zu viel von dem Seelenwärmer erwischt und die Nacht schnarchend auf der Eckbank verbracht. Erst am nächsten Morgen hatte es der Saufbold dann nachhause geschafft.

Die Großmutter saß in ihrem Herrgottswinkel und strickte vor sich hin. Der Großvater reinigte seine Pfeife und lauschte dem Volksempfänger, aus dem gerade Lale Andersen ihr Erfolgslied *Lili Marleen* zum Besten gab. Die Mutter studierte eines ihrer Kräuterbücher, wobei ihr wiederkehrend die Augen zufielen und sie vergeblich gegen die Müdigkeit ankämpfte. Bald schon war sie eingenickt. Die Großmutter rüttelte die Schlafende wach und riet ihr zu Bett zu gehen, worauf sich ihre Tochter müde erhob. Bevor sie die Stube verließ, ermahnte sie die Kinder, nicht mehr allzu lange wachzubleiben, da am nächsten Tag die Ernte der Winteräpfel und der Krautköpfe bevorstand. Sie warf Polina einen Blick zu, der ihr auftrug, darauf zu achten, dass die Kinder dem Appell Folge leisteten. Etwas später legte die Großmutter ihr Strickzeug beiseite, der Großvater seine Pfeife und beide wünschten eine gute Nacht.

„Eine letzte Runde noch, dann ihr müsst auch ins Bett", sagte Polina zu den Kindern und teilte noch einmal die Karten aus.

Franz gewann die Partie, was keine Überraschung war, da er fast jedes Mal als Sieger hervorging. Ein Knick an der Unglückskarte machte es ihm leicht auszuloten, wo sich der *Schwarze Peter* befand.

Die Pendeluhr schlug zur vollen Stunde und Rosi verabschiedete sich in ihre Kammer. Auch Franz wollte sein Zimmer aufsuchen, doch Polina hielt ihn zurück.

„Wart, Burschi!", flüsterte sie unerwartet. „Ich noch hab was für dich." Die Russin bedeutete Franz, ihr in die Küche zu folgen. Sie ging in die angrenzende Speisekammer und zog hinter den Gläsern mit den eingeweckten Kirschen ein kleines weißes Bündel hervor, das sie ihm in die Hände drückte.

„Da, für dein Freund. Damit er nicht isst immer nur trockenes Brot."

Franz schaute Polina eine Weile verwirrt an. Er senkte seinen Blick auf das Bündel und öffnete es behutsam. In dem Leinentuch befanden sich zwei Stück der zu Mittag von der Großmutter zubereiten Süßspeise. Es waren mit Powidlmarmelade gefüllte, in Milch und Ei gewendete und in Butterschmalz herausgebackene Weißbrotscheiben, sogenannte *Pofesen*. Franz war es beim Essen schon in den Sinn gekommen, für Otto heimlich eine zur Seite zu legen, doch die Gelegenheit hatte sich nicht ergeben. Dass Polina zwei davon versteckt hatte, damit hatte er nun nicht gerechnet.

Als er die goldgelben Semmelschnitten in seinen Händen betrachtete, schoss ihm mit einem Mal, was dies nun eigentlich zu bedeuten hatte.

„Polina, du weißt es?", fragte Franz und die junge Frau schenkte ihm zur Antwort ein Lächeln. Polina hatte sein Geheimnis erraten. Franz war unsicher, was er davon halten sollte.

„Hab ich nicht übersehen können gelben Stern beim Waschen. Außerdem du immer in Speisekammer suchen und immer Essen in Heuboden tragen. Bei Schrubben von Milchkannen ich dich habe beobachtet und dann habe gehört wie du hast geredet mit anderer Bub."

Franz biss sich vor Ärger auf die Lippen. Dass Polina abends beim Säubern der Milchkannen immer ein bisschen länger als die anderen zu tun hatte, daran hatte er nicht gedacht. Franz war stets bemüht, dass niemand etwas von dem Juden im Heu mitbekam. Ständig war er auf der Hut gewesen.

Zuerst Peter, jetzt Polina. – Wer würde ihm noch auf die Schliche kommen? Dennoch schwang in seinem Ärger auch eine gewisse Erleichterung mit. Franz konnte sich heilfroh schätzen, dass es die Russin war, die sein Geheimnis herausgefunden hatte und nicht ein anderer.

„Du darfst niemandem etwas verraten!", wies Franz sie streng an.

Polina schüttelte energisch den Kopf. „Nein, ich nichts verrate! Geheimnis ist bei mir sicher. Ich werde helfen. Wenn du brauchst Essen, du kommst zu mir."

Franz atmete auf. Vielleicht war es gar nicht schlecht, ja sogar von Vorteil, wenn Polina in das Geheimnis eingeweiht war. Schließlich hatte sie mehr in der Küche zu tun als Franz, dem sein dortiges verdächtiges Herumschleichen leicht zum Verhängnis werden konnte.

Otto lag in seinem wohlriechenden Bett aus Heu, den kleinen schlummernden Adi auf seinem Bauch. Er betrachtete durch die Holzstäbe des Scheunenfensters die leuchtenden Sterne am klaren Nachthimmel, ein Meer von winzigen Lichtern, die still und friedvoll am Himmelszelt weit oben über der Erde funkelten. Er fragte sich, ob einer dieser hellen Sterne sein Vater war, der fortan von oben herab auf ihn aufpasste. Otto befürchtete, dass sich seine Mutter und seine kleine Schwester ebenfalls bereits in ein Lichtlein am Himmelsgewölbe verwandelt hatten.

Er schloss die Augen und sofort schlichen sich ungebetene Erinnerungen ein. Jene Art, die sich aufdringlich Zutritt in die Gedanken verschaffte. Erinnerungen, die sich im Traum ungehemmt austoben, die man zu ignorieren versucht und liebend gerne vergessen würde, einen aber nicht loslassen.

Schmierereien an Schaufenstern, zerbrochene Auslagen, Beschimpfungen, Drohungen, Demütigungen. Der Vater war sogar einmal von einem Passanten angespuckt worden. Dabei hatte er einen renommierten Juwelierladen geführt. Seine Schmuckstücke waren ausgesprochen begehrt gewesen. Sie hatten so ein gutes Leben gehabt, waren eine glückliche Familie gewesen und dann kam der Hitler. Dann wurden sie gezwungen den gelben Stern am Mantel zu tragen. Alles wurde anders.

Ein Albtraum, aus dem man hofft aufzuwachen. Früher oder später muss man sich jedoch eingestehen, dass das, was geschieht, Realität ist, die grausame Wirklichkeit. Und man ist sich plötzlich sicher, dass sich das Leben gegen einen verschworen hat und fragt sich, was man angestellt hat, um Gott so erzürnt zu haben.

Wenn das Beten nur gegen den Hunger helfen würde,

gegen die Kälte, gegen die Angst, die Einsamkeit. Doch Gott scheint die Sprache der Menschen nicht mehr zu sprechen. Vielleicht hat er den Menschen aufgegeben, zu viele Sünden hat er begangen.

Otto versuchte diese negativen Gedanken abzuschütteln. Immerhin war er froh, dass er noch lebte. Er konnte sich glücklich schätzen, ein sicheres Versteck gefunden und Franz kennengelernt zu haben. Der Krieg würde bald vorbei sein. Und dann? Was sollte er dann machen, ohne Familie? Diese Überlegung flößte Otto schlagartig Angst ein. Er starrte in den Sternenhimmel.

„Vater … Mutter …", flüsterte er und weinte sich in einen einsamen Schlaf.

Kapitel 6

Die Landschaft wurde zunehmend farbloser, die Bäume hatten weitgehend ihr Blätterkleid abgelegt. Das Geschrei der Kiebitze, die sich als letzte der Zugvögel in den Süden aufgemacht hatten, war verstummt. Nur vereinzelt durchbrachen krächzende Rufe eines Rabenvogels die dichten, alles verschluckenden Nebelwände, welche die Gegend in eine düstere Stille tauchten.

So geräuschlos es an diesem Nachmittag draußen war, so rege ging es in der Küche beim Einmachen des Sauerkrauts zu. Das Braunschweigerkraut war am Vortag vom Felde geholt worden. Die Sorte war wegen ihrer lockeren weichen Blätter und des milden Geschmackes äußerst beliebt.

Die Mutter zerteilte die Kohlköpfe und befreite sie vom Strunk, während Polina die Hälften mithilfe der riesigen Krauthachel in feine Streifen hobelte und dabei ein fröhliches Lied in ihrer Sprache sang. Die Großmutter schlichtete das Kraut in die Holzfässer und salzte es kräftig ein. Franz und Rosi standen mit nackten Füßen in den Fässern und stampften es kichernd fest.

Die Küchentür öffnete sich einen Spalt und der Großvater streckte seinen Kopf herein. „Franz, der Peter ist da und fragt, ob du rauskommst."

Franz unterbrach sein Gestampfe und warf der Mutter einen fragenden Blick zu. Sie erkannte seine stumme Bitte sofort und nickte. Der Junge stieg aus dem Fass, reinigte hastig seine Füße und lief nach draußen.

Sein Freund saß wartend beim Aufgang zum Heuboden und versorgte die Katze Schnurli mit Streicheleinheiten. Als er Franz sah, grinste er verschwörerisch und gewährte ihm einen Blick in seine Manteltasche. Ein Glas Zwetschkenmarmelade und drei kleine Löffel kamen zum Vorschein. Franz leckte sich über die Lippen und lächelte Peter an. Still und heimlich verschwanden die beiden im Heustadel.

Jede freie Minute verbrachten die Freunde nun bei Otto. Peter brachte sonntags für jeden ein großes Stück vom Kuchen seiner Mutter mit, die verwundert war, dass ihre Backwerke noch schneller weg waren als sonst. Die drei Jungen spielten Karten, erzählten sich Geschichten oder hüpften ausgelassen im Heu herum, natürlich stets auf der Hut, dass niemand etwas davon mitbekam.

Wenn Peters Schwester und die Stiegler Zwillinge wieder einmal auf der Suche nach ihnen waren, um mit ihnen zu spielen oder einfach nur weil sie gerade neugierig waren und wissen wollten, was die Buben so trieben, hatten Franz und Peter ständig große Mühe die Mädchen abzuwimmeln. Häufig kam es dann zu einem Streit und die Neugierdsnasen zogen beleidigt ab.

Peter mochte es überhaupt nicht, wenn Lini ihm hinterherschnüffelte. Seine jüngere Schwester war unerträglich neugierig und zudem eine enorme Plaudertasche. Niemals dürfte sie etwas von Otto erfahren. Das Mädchen konnte kein Geheimnis für sich behalten und würde es früher oder später ihrer Mutter bloßlegen.

Die drei Jungen schleckten gerade die zuckersüße Marmelade, als draußen ringsherum Sirenen aufheulten.

„Die Flieger kommen!", stellte Peter aufgeregt fest.

Er und Franz beeilten sich, durch das Scheunenfenster den Blick zum Himmel zu richten. Otto sprang verängstigt auf.

„Wo sollen wir hin?", rief er besorgt. „Wir müssen nach unten, in den Keller. Weg vom Fenster!"

Ottos Nervosität stieg. Ihm wurde ganz bange. Wie konnten Franz und Peter nur so ruhig bleiben? Es schien, als könnten sie die Ankunft der Flugzeuge erst gar nicht erwarten.

In der Tat waren für die beiden Bauernbuben die Maschinen, die ohrenbetäubend über das Dorf hinwegpreschten, jedes Mal eine kleine Sensation.

Franz drehte sich zu seinem erschrockenen Freund um und sagte mit ruhiger Stimme: „Otto, du brauchst dich doch nicht fürchten. Es reicht, wenn wir hier im Stadl bleiben. Ein kleines Dorf wie Brechthofen interessiert die Bomber nicht."

Ottos Anspannung ließ nach. Franz hatte Recht. Warum sollten die Flugzeuge über dem kleinen Brechthofen auch ihre Bomben abwerfen? In Ratbach war es anders gewesen. Sobald die Sirenen ertönt waren, hatten die Leute die Keller oder Bunker aufgesucht. Dann war Otto mit seiner Familie unter der Erde gesessen und hatte gehofft, dass die Stadt nicht in Schutt und Asche gelegt werden würde. Ratbach hatte bis zu diesem Zeitpunkt Glück und war jedes Mal von Angriffen verschont geblieben.

Die Motorengeräusche wurden immer lauter und schließlich fegten die Bomber über das Dorf hinweg. Kurz darauf vernahmen die Jungen einen gewaltigen Donnerschlag. Franz und Peter sahen sich entgeistert an.

„Die Bomber greifen Poching an!", stellte Peter bestürzt fest. Der Ort selbst blieb in Wahrheit verschont. Der Angriff galt dem Bahnhof, der durch den Anschlag gänzlich zerstört wurde.

Da saß nun die ganze Familie in der Stube beieinander. Anspannung lag in der Luft. Die Neugierde stieg ins Unermessliche. Aufgeregt und ungeduldig wartete ein jeder, dass die Mutter endlich den Brief öffnete, den sie seit einer gefühlten Ewigkeit in Händen hielt und lediglich gedankenversunken anstarrte.

Der Mairhuber Alois hatte unverhofft an die Tür geklopft und bekundet, er habe ein Schreiben abzugeben. Die Mutter hatte den jungen Mann mit den dicken Brillengläsern hereingebeten und ihm ein Stamperl Schnaps angeboten. In einem Zug war das Gläschen geleert gewesen. Der spitznasige Kerl, der für die Post zuständig war, hatte in seiner Umhängetasche herumgekramt und schließlich den lang ersehnten Brief herausgezogen.

„Mitzi, jetzt mach doch endlich den Umschlag auf!", forderte sie der Großvater auf.

Franz glaubte in dem Gesicht seiner Mutter eine Mischung aus Kummer und Furcht zu lesen. So lange hatte man auf dieses Schreiben gewartet. Die Freude war groß, als es endlich eintraf, wich allerdings in diesem Augenblick dem Bangen, der Inhalt könnte Schmerz auslösen und Hoffnungen zerstören.

Langsam und behutsam begann die Mutter das knittrige Kuvert zu öffnen. Wie in Zeitlupe fischte sie das Blatt Papier heraus, faltete es auseinander und begann unsicher zu lesen:

Liebste Mitzi
Ich will es wieder versuchen Euch einige Zeilen zukommen zu lassen und hoffe, dass Euch diese bei bester Gesundheit erreichen. Leider muss ich mein Schreiben mit einer traurigen Nachricht beginnen. Mein Bruder Erich wird nicht mehr aus dem Krieg zurückkehren. Er wurde bei einem Angriff so schwer verletzt, dass er wenig später seinen Verletzungen erlag. Sprecht bitte ein paar Gebete für ihn, hier an der Front scheint Gott

niemanden zu erhören. Aber ich darf mich nicht beklagen, denn ich bin gesund und das ist in der Schicksalslage, in der wir uns befinden, die Hauptsache. Wenn einen noch so stark das Sehnen nach der lieben Heimat trübt, muss man sich immer wieder zusammennehmen den Kopf hochzuhalten, denn einmal wird hoffentlich der Tag kommen, an dem dieser grausame Krieg ein Ende nimmt.

Nun liebe Mitzi, was gibt es in der Heimat Neues? Die Kinder helfen hoffentlich brav am Hof mit. Grüß sie schön von mir und auch die Schwiegereltern. Ist die Erdäpfelernte gut ausgefallen dieses Jahr? Der Ignaz hat hoffentlich Most eingemacht. Ich freue mich schon, wenn ich wieder ein Glas trinken kann.

Ich melde mich wieder, sobald ich die Zeit finde zu schreiben und würde mich freuen, auch von dir einige Zeilen zu erhalten.

Viele Grüße in die Heimat.

Heil Hitler

Die Mutter legte den Brief beiseite, schloss die Augen und atmete einmal tief durch. Erleichterung, dass es dem Vater gut ging, machte sich breit. Erschüttert nahmen sie und die Familie aber zur Kenntnis, dass sein Bruder Erich sein Leben hatte lassen müssen.

Schweigend saßen sie am Stubentisch und jeder schien in seine eigenen Gedanken vertieft. Die Großmutter faltete die Hände und begann einen Rosenkranz zu sprechen. Die anderen stimmten in das Gebet mit ein.

Kapitel 7

An einem kalten Novembertag musste Franz beim Holzaufrichten mitanpacken. Bereits am Vortag hatten er und der Großvater mit der Arbeit begonnen. Der Altbauer spaltete mit einer Axt die kurz geschnittenen Stämme in Scheiter, die Franz sorgfältig zu einem Holzstapel an der Scheunenmauer errichtete. Der Großvater achtete dabei genau darauf, dass sein Enkel ordentlich arbeitete, denn das Brennholz war wertvoll und ein umgefallener Holzstoß würde nur wieder unnötige Mühen bringen.

Nach getaner Arbeit wollte der Großvater noch am selben Tag nach Poching fahren, um beim Wirt die von der Mutter frisch ausgegrabenen und gründlich gesäuberten Krenwurzeln abzuliefern, für die sie im Gegenzug ein paar Pfennige erhielten.

Franz kam jedes Mal mit, da der Wirt ihm bei dieser Gelegenheit immer ein Glas Limonade und ein Stück vom hausgemachten Apfelkuchen, den nur die Wirtin so gut hinbekam, spendierte.

Die hinter den Wolken hervorlugende Sonne stand schon im Dämmerlicht, als sie sich mit der Pferdekutsche auf den Weg in die kleine Gemeinde machten.

Poching zählte etwa achthundert Einwohner. Es war ein ruhiges Örtchen, in dem die meisten Leute von der Landwirtschaft lebten oder bei der Bahn arbeiteten. Die Kirche thronte weit aus der Ferne sichtbar auf einem kleinen Hügel. Daneben befand sich die Schule und unterhalb der Ortsplatz mit dem Kramerladen sowie dem mit einer Hakenkreuzfahne beflaggten Gemeindeamt.

Franz und der Großvater betraten das von einem wuchtigen alten Kastanienbaum gesäumte Wirtshaus, auf dessen Schild in verschnörkelter Schrift *sWirtshaus zum Streicher* zu lesen war. Die Gaststube war relativ leer, lediglich drei grauhaarige Männer tranken, eingehüllt in eine Wolke aus Tabakqualm, ihr Bier und schmetterten ihre Spielkarten auf die Tischplatte. Der Streicherwirt stand hinter der Ausschank und polierte Gläser.

Als er den Großvater hereinkommen sah, schrie er ihm ein erfreutes „Heil Hitler!" entgegen. Der Wirt war zwar kein Nationalsozialist, verwendete jedoch vorsichtshalber trotzdem den deutschen Gruß.

„Du bringst mir sicher meinen Kren", schrie der fast zwei Meter große stämmige Mann über die Budel.

Der Großvater begrüßte den Wirt und stellte die zwei Eimer voll Meerrettich ab, die der Streicher freudig entgegennahm.

„Und den Franz hast auch dabei. Kommts, setzts euch her! Ich bring dir ein Bier und dem Franz ein Kracherl", lud er die beiden voller Tatendrang ein.

Franz war jedes Mal über die Art, wie der Streicherwirt übertrieben laut zu reden pflegte, amüsiert. Mit seinem Schnauzer und der runden Brille wirkte der korpulente Mann mittleren Alters fast wie eine Theaterfigur, die auf der Bühne stand. Vielleicht wusste der Streicherwirt aber auch seine Lautstärke nicht zu regulieren oder war schwerhörig.

Der Wirt knallte dem Großvater eine Halbe Bier vor die Nase und Franz die Limonade. Dann gesellte er sich rittlings auf einem Stuhl zu ihnen.

„Resi! Geh, bring dem Buben ein Stück vom Kuchen!", brüllte er in Richtung Küche.

Kurz darauf kam die rundliche Wirtin zum Vorschein und servierte Franz lächelnd einen Teller ihres wohlriechenden Apfelkuchens.

„Ganz frisch ausm Rohr", sagte sie mit einem Augenzwinkern zu Franz. „Ignaz, magst auch ein Stück?", wollte sie vom Großvater wissen, doch der verneinte dankend und die Wirtin verschwand daraufhin wieder in der Küche. Franz nahm einen großen Schluck von der Limonade und machte sich daran das großzügige Stück Kuchen zu verputzen.

Der Streicher wusste stets allerhand Neuigkeiten zu erzählen. Er schilderte den Bombenangriff auf den Bahnhof. Dort wo sich die Haltestelle befunden hatte, klaffte nun ein tiefer Krater.

„Dem Herrgott sei Dank ist der Ort verschont blieben", bekannte der Wirt und referierte weiter. Er wusste zu berichten, wer wo an der Front war, wer im Ort ein Kind erwartete, wer sich über eine reiche Kartoffelernte freuen konnte und so fort.

Ein Mann der Kartenspielerrunde deutete dem Wirt, die Biergläser erneut zu füllen, worauf sich dieser kurz entschuldigte und den Männern nachschenkte. Als er wieder zurückkam setzte er seinen Bericht fort, diesmal allerdings mit ungewöhnlich gedämpfter Stimme.

Franz war überrascht, dass der Mann mit dem unüberhörbaren Organ dazu im Stande war, seine Lautstärke so zu drosseln.

Im Flüsterton erzählte er: „Hast eigentlich schon g'hört, was beim Heigl g'funden haben?" Der Großvater nippte an seinem Bier und schüttelte den Kopf.

„Im Stadl habens einen g'funden, einen Jud'. Im Heu ist er versteckt gewesen. Der Heigl hat natürlich g'sagt er hat davon nichts g'wusst, sie haben ihn aber mitgenommen, genau wie den Jud'. Dass immer noch welche auftauchen, das wundert mich. Schön langsam müsstens doch mal alle eingesammelt haben."

Franz verschluckte sich beinahe an seinem sprudelnden Getränk. Er erstarrte augenblicklich bei dieser Nachricht. Ein beklemmendes Gefühl machte sich in ihm breit. Zu gerne hätte er gewusst, wo sie den Heigl und den Juden hingebracht hatten, getraute sich aber keine Frage zu stellen.

„Jetzt wollens alle Höfe in Poching und Umgebung absuchen, ob sich nicht doch noch wo ein Jud' versteckt", fuhr der Streicherwirt fort. Franz lief dabei ein kalter Schauder über den Rücken.

Der Großvater trank den letzten Schluck seines goldenen Gerstensaftes aus und antwortete nur: „Na, wenn's nichts Besseres zu tun haben, als unschuldige Menschen zu verfolgen. Sollens doch kommen und alles durchsuchen, bei uns vergeudens eh nur ihre Zeit, da werdens keinen finden. So ein Tamtam!" Mit diesen Worten stand er auf, bedankte sich für das Bier und verließ mit seinem Enkel das Wirtshaus.

Auf dem Heimweg war Franz kreidebleich im Gesicht und sagte kein einziges Wort. Der Großvater glaubte, die Limonade und das große Stück Kuchen seien dem Jungen nicht gut bekommen.

„Jetzt reicht's mir aber mit euch zwei", schimpfte der Lehrer die beiden schwätzenden Buben. „Franz und Peter, das ist die allerletzte Warnung!", drohte der Weibold mit finsterem Gesicht.

Franz konnte sich nicht konzentrieren, er musste Peter einfach erzählen, was ihm am Vortag im Wirtshaus zu Ohren gekommen war. Am Weg zur Schule hatte er dazu keine Gelegenheit gehabt, da Lini die ganze Zeit an der Seite der Jungen gewesen war und neben ihr konnte er schließlich schlecht anfangen, über Otto zu reden.

Nun konnte Franz die Neuigkeit nicht länger zurückhalten und tuschelte ununterbrochen mit Peter, was den Lehrer sehr verärgerte. Er war kurz davor, die beiden Schüler in die Ecke zu stellen.

Peter reagierte auf die Neuigkeit erschrocken und diskutierte nun mit seinem Sitznachbar, ob es für Otto im Heuboden noch sicher war. Alle möglichen Verstecke überlegten sie sich, kamen aber auf keine zufriedenstellende Alternative.

Peter zog in Erwägung, den Schuster Hans in das Geheimnis einzuweihen. Er lebte allein und war vertrauenswürdig. Vielleicht wäre er bereit, den Judenjungen in seiner Werkstatt zu verstecken, zumindest so lange bis die Suchaktion der SS wieder eingestellt wurde. Franz war von dem Vorschlag nicht recht überzeugt und hatte ernsthafte Bedenken. Der Schuster war mit dem Großvater gut befreundet. Bei einer ausgelassenen Kartenpartie mit ein paar Krügen Most konnte ein Geheimnis schnell einmal herausrutschen. Doch mangels besserer Einfälle willigte Franz schließlich ein und die beiden nahmen sich vor, noch am selben Tag dem Schuhmacher ihre Bitte vorzutragen.

Mit grantiger Miene stand der Weibold unvermittelt vor den Plaudertaschen und verwies sie mit einer autoritären Geste und strengem Blick jeweils in eine Ecke des Klassenraums.

Die Kirchenglocke läutete zwölf Uhr. Die Schüler packten ihre Sachen zusammen, um sich auf den Heimweg zu begeben. Als Peter und Franz das Schulgebäude verließen, sahen sie, wie sich einige Kinder um den Bürgermeistersohn scharten. Neugierig näherten sich die beiden Freunde der Versammlung und hörten gebannt zu, was der aschblonde Junge mit den auffällig grünen Augen zu erzählen hatte.

Der Reichberger Josef war der jüngste Sohn des Bürgermeisters und stand wie sein Vater gerne im Mittelpunkt. Franz mochte ihn nicht sonderlich, da er in seinen Augen ein ziemlicher Angeber war.

„Mein Onkel hat also mit dem Stecken im Heu herumgestochert und plötzlich einen Widerstand gespürt. Da hat er ihn g'funden, mit Heu bedeckt, den Jud'", trug Josef theatralisch vor. „Der Heigl hat natürlich getan, als hätt' er nichts g'wusst davon. Das hat ihm aber niemand geglaubt. Der kommt ins G'fängnis und der Jud' muss in ein Arbeitslager. G'schieht ihnen ganz Recht."

Manche Kinder stimmten zu, andere schwiegen. Peter verabscheute die Gehässigkeit und Schadenfreude, die in den Worten des Bürgermeistersohnes mitschwangen. Er ärgerte sich maßlos über das breite Grinsen des kleinen Giftzwerges. Hemmungslose Wut stieg in ihm hoch.

Er bahnte sich einen Weg in die vorderste Reihe und herrschte den Jungen an: „Und kommst dir jetzt gut vor, weil dein Onkel den Jud' g'funden hat? Was bist bloß für ein Ekel! Sich derart über das Leid anderer freu'n. Schämen sollst dich!" Josef sah Peter erstaunt an. Anscheinend hatte er nicht mit Protest gerechnet.

„Willst ihn verteidigen oder wie? Einen dreckigen Jud'?", gab er herablassend zurück.

„Ein Jud' ist genauso ein Mensch. Genauso wertvoll wie jeder andere", konterte Peter.

„Da schau her! Der Peter hilft zu den Juden. Hast vielleicht selber einen daheim?", entgegnete Josef feindselig.

Peters Zorn wuchs: „Geh, halt doch dein Maul, Pepi!"

Doch der Sohn des Ortsvorstehers kam nun erst richtig in Fahrt: „So weit ich weiß ist deine Mutter eine vorbildliche Nationalsozialistin. Was ist mit dir, Peter? Hat dir deine Mutter nichts beibracht? Die Juden sind wertloser Abschaum. Die brauchen wir hier nicht. Weißt das denn nicht? Oder ist deine Mutter eh eine Verräterin? Weißt eh was mit Verrätern passiert? Ins Gefängnis kommens oder werden gleich erschossen. Oder möchtest lieber von einer Straßenlaterne baumeln? Soll die SS vielleicht mal bei eurem Hof vorbeikommen und schau'n, ob da nicht wo ein Jud' im Heu ist?"

Peter platzte fast der Kragen. Franz versuchte seinen Freund zu beruhigen und drängte ihn, sich endlich auf den Heimweg zu machen. Dieser aber dachte gar nicht erst daran, dem altklugen Jungen den Rücken zu kehren und dessen Unterstellungen auf sich beruhen zu lassen.

Manche Kinder hielten zu Peter und schrien, er solle sich das nicht gefallen lassen. Andere unterstützten Josef und pflichteten ihm bei. Schnell hatten sich zwei Lager gebildet, die sich lautstark gegenseitig anstachelten.

„Na Peter, hat's dir die Sprache verschlagen?", stichelte Josef weiter. „Peter, der Judenfreund. Peter, der …", weiter kam er nicht, denn mit einem Mal schnellte eine Faust in sein Gesicht und brachte ihn zum Schweigen. Ihm wurde kurz schwarz vor Augen. Der Schmerz des Schlages zog sich vom Kinn bis zum Auge, ein unerträgliches Pochen. In seiner Wut stürzte sich Josef auf seinen Angreifer. Beide fielen zu Boden, zehrten an den Kleidern des Gegners und teilten Schläge aus.

Um dem Kampf herum hatte sich bereits ein Kreis Schlachtrufe brüllender Kinder gebildet, die jeweils ihren Favoriten anfeuerten. Mitten in dem ganzen Wirbel versuchte Franz verzweifelt sich Gehör zu verschaffen und forderte Peter fortdauernd auf, die Rauferei zu beenden. Doch vergebens, denn in dem Geschrei ging sein Flehen einfach unter. Er sah nur eine Möglichkeit, dem Streit ein Ende zu setzen. Er musste den Lehrer holen.

In Windeseile lief er zum Schulgebäude, riss die Eingangstür auf und kollidierte mit dem Weibold, der sich angesichts des Lärms bereits auf den Weg nach draußen gemacht hatte.

„Herr Lehrer, bitte helfens uns!", rief Franz aufgeregt. „Der Peter und der Pepi schlagen sich die Schädel ein. Beide haben schon eine ganz blutige Nase."

Der Lehrer eilte mit großen Schritten zum Ort des Geschehens und befahl mit zorniger Stimme das Gerangel sofort zu beenden. Er packte die ineinandergeschlungenen Buben am Kragen und versuchte sie zu trennen.

Als sich die Lage einigermaßen beruhigt hatte, schrie er die beiden Kampfhähne an: „Was soll denn das? Wollts euch umbringen? Schauts euch an! Ganz verdreckt und blutverschmiert seids! Was habts euch denn dabei dacht? Ihr zwei kommts jetzt mit mir mit. Ihr dürfts heut den Nachmittag in der Schul' verbringen und über eure Dummheit nachdenken. Jetzt gehts rein und waschts euch das G'sicht! Abmarsch!"

Peter und Josef hefteten den Blick beschämt zu Boden. Josef wollte etwas sagen, überlegte es sich aber anders. Der Lehrer packte die Jungen am Arm und zog sie in Richtung Schulgebäude.

„Und ihr anderen gehts jetzt heim!", richtete er noch das Wort an das verstummte Publikum.

Franz war einerseits froh, dass der Kampf vorbei war, andererseits tat es ihm für Peter leid, dass dieser nun bestraft wurde. Er beobachtete, wie sein Freund mürrisch zum Eingang trottete und plötzlich abrupt stehen blieb, als unten von der Straße ein dröhnender Lärm heraufdrang. Auch Franz fuhr zusammen und erkannte zwei

Lastwägen, besetzt mit uniformierten Männern. Die Fahrzeuge preschten am Ortsplatz vorbei und nahmen die Straße in Richtung Brechthofen. Peter und Franz warfen sich einen verängstigten Blick zu.

„Lauf, Franz!", rief ihm Peter noch zu, bevor er in das Gebäude geschoben wurde. Franz zögerte keine Sekunde und rannte so schnell ihn seine Füße tragen konnten nachhause.

Otto aß gerade von der heißen Kartoffelsuppe, die ihm Polina heimlich beim Eingang zum Heuboden hingestellt hatte. Als Franz ihn informiert hatte, dass die Russin den Buben auf die Schliche gekommen war, hatte Otto das anfangs sehr beunruhigt. Doch mittlerweile erwies sich Polina als große Hilfe.

Sie versorgte den Jungen zu Mittag mit einer warmen Mahlzeit, obwohl es ganz und gar nicht einfach war, eine Portion abzuzweigen und sie ungesehen in den Stadel zu bringen. Das Risiko erwischt zu werden war groß, doch die Dirne nahm es gerne auf sich, auch wenn sie den Judenjungen noch nie zu Gesicht bekommen hatte.

Die Kirchenglocke läutete zur Mittagsstunde. Otto wusste, dass er nun nicht mehr lange auf Peter und Franz warten musste. Neben ihm rauften die drei Kätzchen spielerisch miteinander. Sie waren ordentlich gewachsen und erkundeten neugierig ihre Umgebung. Otto sorgte sich ein wenig um den verschnupften Adi, der ein verklebtes Auge hatte. Doch er schien wohlauf zu sein.

Die heiße Suppe tat Otto gut. Es war kühl im Stadel. Die Nächte brachten bereits vereinzelt Frost. Manchmal fror er trotz der Heuschicht, in die er sich einhüllte.

Wenn er am Vormittag so allein dasaß und in dem dicken Märchenbuch las, das ihm Franz zum Zeitvertreib geliehen hatte, beneidete er die Buben dafür, dass sie in die Schule gehen konnten. Er hätte gerne statt Peter am Unterricht teilgenommen, der gar nicht gerne die Schulbank drückte und sich ständig über das Lernen beschwerte.

War Otto zu Beginn Peter gegenüber eher reserviert und misstrauisch gewesen, so konnte er ihn nun umso mehr leiden. Der blonde Junge war ein witziges Kerlchen, das sich kein Blatt vor dem Mund nahm und aussprach, was er über dieses und jenes dachte. Er redete gerne und hatte allerhand obskure Geschichten zu berichten, deren Wahrheitsgehalt er stets beschwörend hervorhob.

So hatte er einmal erzählt, dass sich im Wald vom Brunner ein verwunschenes Moor befände. An dessen Stelle stand früher eine zweihundert Jahre alte Weide. Der Stamm war so dick, dass es drei Männer brauchte, ihn zu umfassen. Die Rinde war aufgerissen, der Baum löchrig und hohl. Trotzdem grünte die Weide und schoss unentwegt neue Triebe. Diese Lebenskraft verliehen ihr die Waldgeister, die in dem Stamm hausten. Bei starkem Wind knarzte der Baum gespenstisch, als ob er jederzeit auseinanderbrechen würde. Doch die Weide überstand jeden Sturm, mochte er noch so heftig sein.

Eines Tages entschied sich der Brunner, den alten Baum zu fällen. Mit jedem Axtschlag drang ein eigenartiges Geräusch aus dem Gehölz. Der Baum schien um sein Leben zu schreien. Die Waldgeister jammerten, klagten und weinten um ihre Behausung. Als der Baum zu Boden fiel, begann sich unter den Füßen des Brunners die Erde zu erweichen. Der Boden saugte sich mit dem Blut der Weide voll und verwandelte sich in Sumpfland. Der Bauer drohte zu versinken. Nur mit Müh und Not schaffte er es, sich noch zu retten. Seitdem konnte dieser von Erlen und Haselnusssträuchern umringte Platz von keinem Menschen mehr betreten werden. Die alte Weide lag noch immer dort. In jeder Vollmondnacht zündeten die Waldgeister hunderte von kleinen Lichtern an, tanzten damit über dem Moor herum und trauerten um ihren schönen Weidenbaum.

Otto lauschte jedes Mal gespannt Peters Geschichten, der es verstand, die Zuhörer mit seiner lebhaften Erzählart in den Bann zu ziehen. Er fragte sich, mit welcher Geschichte Peter an diesem Tag Franz und ihn unterhalten würde.

Otto horchte auf, als er ein näherkommendes Geknatter vernahm. Er kannte diesen Lärm nur allzu gut, hatte er sich doch damals an jenem schicksalhaften Tag in sein Gedächtnis eingebrannt.

Das unheilvolle Geräusch war im Dorf angekommen. Ottos Herz begann vor Angst zu rasen. Seine innere Stimme drängte ihn zur Flucht, seine Gliedmaßen aber waren wie versteinert. Es war nicht möglich ungesehen zu entkommen. Doch auch im Heu würde er nicht unentdeckt bleiben. In seinem Kopf drehte sich alles. Panik brach über ihn herein, als er eine herrische Männerstimme vernahm, die den Befehl „Durchsuchen!" ausgab.

Franz glaubte, seine Lunge würde ihm aus dem Brustkorb springen, so atemlos erreichte er Brechthofen. Keuchend steuerte er den Stadel an und sah mit Entsetzen, dass er zu spät kam. Die SS war längst eingetroffen. Er sah Polina, die neben dem Hühnerhaus stand und die alles durchstöbernden Männer reglos anstarrte.

Der Hof wurde von oben bis unten gefilzt. Kleider wurden achtlos aus den Schränken geworfen, Kästen aufgerissen und durchwühlt. So manches Geschirr ging dabei zu Bruch, worauf die Männer mit beispielloser Gleichgültigkeit reagierten. Die Tiere wurden angesichts des Radaus unruhig. Der Keller, der Dachboden, der Stall: kein Winkel, der nicht auf den Kopf gestellt wurde. Und dann nahmen sie die Treppe zum Heuboden.

Franz eilte zu Polina. „Polina, was ist mit Otto?", flüsterte er aufgeregt. Die Russin schien ihn nicht zu registrieren. Sie war wie erstarrt und beobachtete weiterhin das Geschehen.

Plötzlich begann er die Dirne zu rütteln und wurde lauter: „Polina, so sag doch was! Bitte!"

Polina blickte auf Franz hinab und schüttelte den Kopf: „Alles so schnell gegangen. Plötzlich SS da gewesen. Ich konnte Jungen nicht mehr warnen."

Franz' Puls raste. Er wollte in den Heuboden laufen. In diesem Moment löste sich Polina aus ihrer Erstarrung und hielt den Jungen zurück: „Franz! Nicht!"

Der Verzweiflung nahe schluchzte Franz hilflos: „Polina, ich muss zu Otto!"

„Nein, Franz!" Polina schüttelte heftig den Kopf. „Dann du ihn erst verrätst. Und alle anderen. Du musst sagen, dass du nichts hast gewusst von Juden."

Franz war bestürzt. Wie könnte er jemals behaupten, nichts von dem Jungen gewusst zu haben? Nie würde er Otto verleugnen, ihm nie in den Rücken fallen. Was immer geschah, er würde hinter ihm stehen und alle Schuld ganz allein auf sich nehmen.

Mit langen Stöcken stocherten die Männer im Heu herum. Der Reichberger Ernst hatte seinen Hund dabei. Jenen gehorsamen deutschen Schäfer, der ihn vor ein paar Tagen zu dem Juden beim Heigl geführt hatte.

„Such!", schallte der Befehl und das Tier bemühte sich, mit seiner feinen Nase eine Spur zu erschnüffeln.

Der SS-Bonze folgte dem Vierbeiner und hatte Mühe über die hohen Heuhaufen zu klettern. Der Hund begann zu bellen. Er war fündig geworden.

„Braver Junge!", lobte ihn sein Herrchen und streichelte ihm über den Kopf. Der Reichberger inspizierte die Stelle. „Da schau her", kommentierte er breit grinsend seinen Fund.

Der Großvater stand derweil im Hof und beobachtete missbilligend das Treiben. Dass die Männer bei der Durchsuchung keineswegs zimperlich waren und alles durcheinanderbrachten, ja sogar manches beschädigten, behagte ihm ganz und gar nicht. Ein wenig verwundert war er über die emotionale Reaktion seines Enkels, der an Polinas Seite stand, die ihn an sich drückte. Kreidebleich, mit Entsetzen und Tränen in den Augen, wohnte der Junge dem Geschehen bei.

„Da haben wir ja was g'funden", hörte er den Reichberger sagen, der langsam mit seinem Schäfer die Treppe herunterkam. „Den nehmen wir mit", fügte er triumphierend hinzu.

Franz fühlte, wie ihm schwindelig wurde und er zu taumeln begann. Er kniff die Augen zusammen und spürte, wie Polina ihn noch fester an sich drückte.

Der SS-Getreue näherte sich mit einem boshaften Lächeln auf den Lippen. Er blieb vor der ängstlichen Polina und dem beinah besinnungslosen Franz stehen. Der Hund gab ein abschreckendes Knurren von sich.

„Sitz, Hasso!", befahl der Reichberger seinem vierbeinigen Gefährten, der brav gehorchte und sich niederließ, ohne aber dabei die beiden eingeschüchterten Personen aus den Augen zu lassen.

„Den kleinen Racker da nehm' ich mit. Macht euch eh nichts aus, oder? Habts ja eh noch zwei andere."

Franz öffnete langsam die Augen und sah den hochgewachsenen Onkel des Bürgermeistersohns zaghaft an. Die rote Armbinde mit dem Hakenkreuz bildete einen starken Kontrast zu der feldgrauen Uniform. Franz erblickte in der Hand des Mannes eines der drei Kätzchen.

„Nicht ganz das, nach was wir g'sucht haben, aber mein Neffe, der Josef, wird sich bestimmt über das Katzerl freu'n", stellte der Reichberger fest.

„Jetzt schau doch nicht so g'schreckt drein, Bub! Ich lass dir eh die zwei ander'n", lachte er auf und tätschelte Franz die Wange. „Kommts, wir geh'n. Hier versteckt sich kein Jud'."

Der Trupp verließ den Hof. Franz hörte Polina vor Erleichterung laut aufatmen. Die Anspannung in seinem Körper ließ allmählich nach und nur langsam wurde ihm bewusst, dass die zuvor noch unabwendbare Gefahr gebannt war.

Franz eilte die Treppen zum Heuboden hoch und stürmte zu Ottos Versteck. Adi und das andere Kätzchen kauerten ängstlich im Heu, von Otto war keine Spur zu sehen. Franz begann das Heu zu durchwühlen und rief nach seinem Freund, doch der blieb verschwunden. Er suchte die komplette Scheune ab. Ohne Erfolg. Franz war ratlos. Wo konnte Otto sein? War er geflohen? Hatte er sich so tief ins Heu eingegraben, dass er keine Luft mehr bekommen hatte und erstickt war?

Bei letzterem Gedanken erschauderte er und verwarf ihn sogleich wieder. Nein, Otto war ein kluger Junge. Irgendwie musste er es geschafft haben, sich vor der SS zu verbergen.

Franz lief hinunter in den Hof und wollte Polina um Rat fragen, als er jemanden seinen Namen rufen hörte. Es war der Großvater, der sich im Stall befand und seinen

Enkel zu sich winkte. Der Junge betrat das Gebäude und traute seinen Augen nicht.

„Suchst vielleicht ihn?", fragte der Großvater, an dessen Seite Otto stumm und mit aschfahlem Gesicht stand.

„Aber … wie …?", stammelte Franz. Der Großvater antwortete mit einem Blick zur Heuluke.

In der Küche sammelten die Mutter und Rosi die Scherben vom Boden auf. Einige Häferl und Schüsseln waren bei dem achtlosen Durchsuchungsmanöver zu Bruch gegangen.

„Sowas aber auch, als hätten wir bei uns einen Jud' versteckt", entrüstete sich die Mutter.

„Was tätst denn, wenn einer käm' und dich um Hilf' bitten würd'?", warf jemand die Frage in den Raum.

Die Mutter drehte sich zu ihrem Vater um, der gerade zur Tür hereingekommen war, und erwiderte aufgebracht: „Die Frag' stellt sich erst gar nicht. Die SS hat ja eh die ganzen Juden mitgenommen, unwahrscheinlich, dass da noch wo einer ist. Schon gar nicht hier bei uns in Brechthofen."

Gereizt kehrte sie mit dem Besen die letzten Glassplitter auf die Schaufel.

„Das heißt du würd'st ihm nicht helfen? Du würd'st ihn wegschicken?", bohrte der Großvater nach.

Die Mutter hielt es nicht für nötig, diese Frage zu beantworten. Da stellte die SS den ganzen Hof auf den Kopf und der Alte fing auch noch an, sie mit unsinnigen Fragen zu löchern.

„Mitzi, du würd'st ihn doch wohl nicht der SS übergeben? So herzlos würd'st doch nicht sein, oder? Oder, Mitzi?", redete der Großvater auf sie ein.

Der Bäuerin riss der Geduldsfaden. Sie herrschte den

alten Mann an: „Geh Vater, gib doch a Ruh'! Ich würd' keinen Jud' verstecken. Viel zu groß wär' das Risiko. Weißt eh, was mit denen passiert, die dann erwischt werden."

Der Großvater war perplex. Er hatte mit einer derartig ablehnenden Haltung seiner Tochter nicht gerechnet. Franz schätzte seine Mutter wohl doch richtig ein. Er hatte den Großvater angefleht, ihr nichts von Otto zu verraten, da er befürchtete, sie hätte kein Verständnis und würde ihn wegschicken.

Der Altbauer verließ die Küche. Mit seiner Pfeife hockte er sich auf die Bank vor der Scheune und ließ das Geschehene Revue passieren. Er dachte an den verängstigten Jungen und den gelben Stern, der ihm sofort ins Auge gestochen war.

Dass Franz einen Juden versteckte, damit hatte er nicht gerechnet. Es erklärte allerdings das eigenartige Verhalten seines Enkels, das dieser in letzter Zeit an den Tag gelegt hatte. Unwillkürlich musste er über Franz' Courage schmunzeln. An dieser Beherztheit und Risikobereitschaft hätte sich so mancher Erwachsener ein Beispiel nehmen können.

„Jud' hin oder her. Der Bub bleibt da! Er braucht uns", murmelte der Großvater vor sich hin.

Kapitel 8

Der Winter war ins Land gezogen. Die Erde hatte sich über Nacht ein weißes Hochzeitskleid übergestreift. Die dicke Schneeschicht lag einer Daunendecke gleich über der Landschaft, die in einen tiefen Schlaf gesunken war. Märchenhaft glitzerte der Schnee im Sonnenschein. Der strenge Frost ließ die Natur erstarren. Er malte Eisblumen an die Fensterscheiben und schmückte die Bäume mit Eiskristallen.

Es war ruhig um Brechthofen, als ob das kalte Weiß jedes Geräusch verschlucken würde. Nur das fröhliche Gelächter der Kinder, die mit dem Schlitten den verschneiten Hang hinuntersausten, durchbrach die Stille. Für sie war der viele Schnee das reinste Vergnügen.

Otto lag im Heu unter seiner Tuchent, die ihm der Großvater gebracht hatte, und lauschte dem Lachen der Dorfkinder. Wie gerne wäre er bei der Rodelpartie dabei gewesen. Doch er konnte nur in seinem Versteck warten, bis Franz und Peter zurück sein und ihm wieder Gesellschaft leisten würden.

Mittlerweile war er des Versteckens überdrüssig. Er wollte etwas unternehmen, zumindest in den Stall gehen, um die Pferde zu sehen oder die Kälbchen zu streicheln.

Otto begann zu überlegen und schätzte die Uhrzeit ab. Es musste ungefähr eine Stunde nach Mittag sein. Im Stall würde sich niemand aufhalten. Er könnte sich also unbemerkt nach unten schleichen und den Tieren einen Besuch abstatten, dachte er. Er wägte die Gefahr ab, war aber von seinem spontanen Vorhaben so beflügelt, dass alle Bedenken schnell über Bord geworfen waren.

Er schwang sich aus dem kuscheligen Bett und verließ sein sicheres Versteck. Bevor er auf Zehenspitzen die

Treppe hinunterstieg, prüfte er, ob die Luft rein war. Im Hof war niemand zu sehen. Lediglich Schnurli hatte Spaß daran, einer erbeuteten Maus Qualen zu bereiten.

Otto erreichte den Stall und schob das Tor so leise es ging auf. Er schlupfte durch den schmalen Spalt und sah sich um. Die wiederkäuenden Kühe blickten ihn träge und desinteressiert an. Otto begab sich auf die Suche nach den Boxen mit den Kälbchen. Dabei passierte er die Schweine, die angesichts der Anwesenheit des Jungen aufschreckten und grunzend hochjagten. Otto legte seinen Zeigefinger an die Lippen, um den Ferkeln zu bedeuten leise zu sein. Er verweilte eine Zeitlang bei den neugierigen Borstentieren, die mit ihren feuchten Rüsseln an seiner Hand schnoberten und anfingen daran zu knabbern. Sobald der Junge versuchte eines der Schweine anzufassen, wichen die Tiere erschrocken zurück.

„Feiglinge!", lachte Otto auf und setzte seine Erkundungstour fort. Um zu den Kälbchen zu gelangen, musste er sich bei zwei riesigen Bullen vorbeischleichen, die ihn mit furchteinflößendem Blick skeptisch beäugten. Einer der Stiere hob bedrohlich den Kopf. Die Kette, an der er hing, schepperte geräuschvoll. Otto wich zurück. Er hatte Respekt vor den Tieren. Ein mulmiges Gefühl stieg in seiner Magengegend auf. Die imposanten Rinder erwiesen sich jedoch als harmlos.

Endlich angekommen an seinem Ziel, guckten ihn vier ängstliche kleine Kälber aus unschuldigen Glubschaugen an. So niedlich die Kälbchen waren, so scheu gaben sie sich. Otto streckte seine Hand durch das Eisengitter, doch keines der Jungtiere kam heran. Nur durch gutes Zureden traute sich das Kleinste allmählich aus seiner Ecke und begann zaghaft die Hand des Jungen abzulecken.

Zu gern hätte Otto das Tier umarmt und liebkost. So kam er auf die Idee die Box zu betreten. Mit Mühe brachte er den Schuber der Gittertür auf. Langsam näherte er sich dem Kälbchen und streckte seine Hand nach ihm aus. Das Tier fühlte sich in die Enge gedrängt und wurde von Panik erfasst. Mit einem Satz sprang es an dem Buben vorbei und entkam.

Das Vieh wurde unruhig. Die Schweine begannen aufgeregt zu quieken, die Mutterkühe schlugen Alarm. Otto verzweifelte an dem aussichtslosen Versuch, den Ausreißer in die Box zurückzutreiben. Je schneller er dem Kälbchen nachlief, desto panischer wurde es. Alle Bemühungen blieben ohne Erfolg. Das Kälbchen ließ sich nicht einfangen.

Otto wurde immer bänger, doch Hilfe nahte. Von draußen erklang die Stimme des Großvaters. Er war allerdings nicht allein, auch die Mutter war dabei. Als sie den Stall betrat, erblickte sie das frei herumlaufende Kälbchen und schrie überrascht auf.

„Wie ist denn das Viech aus der Box kommen?", fragte sie voll Erstaunen.

„Geh, Mitzi, hol das Treibbrett. Wir treiben's wieder rein", befahl der Großvater. Die beiden bemühten sich, das unruhige Tier möglichst behutsam in die Stallung zurückzubringen.

„Das Türl kann doch unmöglich von allein aufgegangen sein. Da hat doch wer nachg'holfen", stellte die Mutter fest, als sie den Riegel vorschob.

„Vielleicht ist's ja nur ein Lausbubenstreich gewesen", erwiderte der Großvater.

„Also die Kinder sind alle droben am Hügel mit ihren Schlitten. Die können's ja nicht g'wesen sein", merkte die Mutter an.

Der Großvater zuckte nur mit den Schultern und sagte: „Komm, Mitzi. Geh'n wir wieder rein, damit die Viecher ihre Ruh' haben."

Er ließ die Mutter vorangehen und blickte noch einmal über die Schulter. Er musterte den Futterhaufen, unter dem sich etwas rekelte. Amüsiert schüttelte er den Kopf und schloss die Stalltür hinter sich.

Mit schmerzverzerrtem Gesicht richtete der geschundene Mann seinen Blick in den Himmel. Flehend, endlich von seinen Qualen befreit zu werden. Halbnackt und mit blutenden Wunden tat er seinen letzten Atemzug und war endlich von der Folter erlöst. Weinende Frauen knieten vor ihm und ließen ihrer Trauer freien Lauf.

Franz war, als könnte er ihr Wehklagen hören. Er war nicht fähig seinen Blick von der Szene abzuwenden und fixierte den Gekreuzigten weiter. So oft war er schon in der Pochinger Kirche gesessen und hatte das riesige Kreuz über dem Altar betrachtet. Doch heute wurde ihm erst bewusst, welch unendliches Leid dieser Jesus ausgestanden haben musste.

War dieser Mann am Kreuz nicht Jude gewesen? Zumindest hatte Franz das im Fach Biblische Geschichte so gelernt. Unwillkürlich kam abermals die Erinnerung an die von Nazis getriebene Judengruppe in ihm hoch.

Die Kirchengeher erhoben sich und murmelten ein Gebet. Die Gruberin schnarchte wie gewohnt vor sich hin. Die Leitnerin und die Hofstetterin teilten eifrig abschätzige Blicke aus. Dieses Mal galt ihre Missbilligung allerdings nicht der übermüdeten Bäuerin, sondern der Tochter des Kramers. Unübersehbar war das runde Bäuchlein. Dass die junge Frau ein Kind erwartete, hatte sich bereits im ganzen Ort herumgesprochen. Die beiden

Tratschtanten ließen angesichts der Tatsache, dass die Kaufmannstochter noch nicht unter der Haube war, ihrer Empörung freien Lauf.

Franz hatte nur wenig von der Predigt mitbekommen. Der Pfarrer schwadronierte vom Fegefeuer und ermahnte seine Schäfchen, regelmäßig zur Beichte zu gehen. Der Mensch sei ein großer Sünder, aber Gott sei gnädig und vergebe ihm seine Verfehlungen. Vorausgesetzt man gehe regelmäßig zur Beichte. Das Fegefeuer sei für all jene reserviert, die die Notwendigkeit der Buße missachteten.

Franz überlegte, welche Sünden auf seinen Schultern lasteten. Einmal hatte er seiner Schwester eine Kröte ins Bett gelegt. Mit Peter hatte er schon öfters die Schule geschwänzt. Und vor dem Scheiter aufrichten hatte er sich auch schon mal gedrückt. Das waren wohl kaum nennenswerte Vergehen. Der Herrgott würde ihm deswegen nicht böse sein.

Franz sinnierte weiter. Befand es Gott als Sünde, jemanden zu verstecken? Einen Juden? Aber wie konnte es eine Untat sein, jemandem das Leben retten zu wollen? War sein Gott denn auch für die Juden zuständig?

Otto hatte Franz erzählt, bei den Juden werde im Gottesdienst aus der Tora, den fünf Büchern Moses, gelesen. Ihr Gotteshaus war nicht die Kirche, sondern die Synagoge. Ob die Juden auch zur Beichte gingen? Teilten sich Christen und Juden denselben Himmel oder war ihnen jeweils ein anderes Jenseits zugewiesen?

Die Orgel riss den Jungen aus seinen Gedanken und kündigte das Ende der Messe an. Der Organist verlangte dem Musikinstrument eine himmelhoch jauchzende Melodie ab, die sogar die Gruberin aufzuwecken vermochte.

Am Tisch standen die dampfenden Mehlknödel und eine große Schüssel warmer Krautsalat. Der Schweinsbraten duftete herrlich und ließ allen das Wasser im Mund zusammenlaufen. Die Kinder konnten es kaum erwarten, sich auf das Mittagessen zu stürzen. Vorher musste aber noch das Tischgebet gesprochen werden.

Die Stockhammerin faltete die Hände und sprach ein paar dankende Worte zum Herrgott. Die Bäuerin hatte neben ihren Kindern und dem Großvater auch noch den alten Knecht, die Dienstmagd und die zwei italienischen Zwangsarbeiter zu verköstigen. Peter und Lini zankten um einen Knödel, den sie gleichzeitig mit der Gabel aufgespießt hatten.

„Na na, es sind ja g'nug für alle da!", ermahnte sie ihre Mutter. Peter gewann das Ringen um den Knödel und präsentierte ihn schadenfroh auf der Gabel wie einen Pokal. Lini schaute finster drein, reckte ihrem Bruder die Zunge entgegen und heimste dafür von der Mutter einen Klaps auf den Hinterkopf ein. Peter kassierte einen mahnenden Blick.

„Buon appetito!", sagte Peter zu den beiden Italienern, die ihm lächelnd dasselbe wünschten.

„Peter, bei uns red't man Deutsch!", tadelte ihn die Stockhammerin. Sie sah es überhaupt nicht gerne, wenn die ausländischen Knechte ihrem Sohn fremdsprachige Wörter beibrachten.

Peter aber hatte seine Freude daran und konnte schon einige italienische Sätze formulieren.

Der Italiener Francesco sprach sehr gut Deutsch und erzählte dem Jungen gerne von seinem Vaterland. Dabei musste er für seinen Kumpanen Lorenzo immer den Übersetzer spielen, damit dieser ebenfalls dem Geplauder seines Landsmannes folgen konnte. Dann stimmte

Lorenzo jedes Mal lautstark und wild gestikulierend zu und schwelgte in Erinnerungen an seine Heimat.

Pietro, so wie sie Peter nannten, solle unbedingt eine „ragazza italiana" heiraten, scherzte Francesco oft. Die Italienerinnen seien „bellissime". Der dunkelhaarige Mann mit der gelockten Mähne beschrieb die weitläufige von Zypressen gesäumte Landschaft, die steilen Küsten und das endlose „azzurro del mare". Er sprach von Olivenhainen und von gelben Früchten, die so sauer waren, dass man das Gesicht verzog, wenn man hineinbiss.

Peter begriff nicht, warum man diese „limoni" überhaupt anbaute, wenn sie doch eigentlich nicht schmeckten. Francesco aber behauptete, er würde seine Meinung schnell ändern, wenn er nur von dem süßen Zitronenlikör seiner Großmutter, der „nonna", probierte.

So wie Francesco sein „belpaese" glorifizierte, konnte Peter nicht umhin, sich das Land, in dem fast immer die Sonne vom Himmel lachte, als reinstes Paradies vorzustellen. Wenn er alt genug war, dann würde er gewiss nach Italien reisen, in den Wellen des Meeres baden und das Salz auf seiner Haut schmecken. Er würde in der Sonne sitzen und den süßen Zitronenlikör, von dem der Knecht so schwärmte, mit einer „bella ragazza" verkosten. Seine Reisegefährten wären Franz und Otto. Gemeinsam würden sie das Land erkunden. Dann könnte Otto endlich mehr von der Welt sehen als nur den Heuboden.

„Saukalt ist's draußen", sagte Franz, der bibbernd in die behagliche Stube eintrat. Hinter ihm tapste Schnurli in den Raum. Franz wärmte sich am Kachelofen die eisigkalten Hände.

„Wo hast denn deine Fäustling?", wollte die Großmutter wissen, die gerade damit beschäftigt war, ein Paar

Socken zu stopfen. Neben ihr hockten Rosi und die Luger Evi, die öfters aus dem Nachbardorf zu Besuch kam. Die Freundinnen flochten sich gegenseitig die langen Haare. Der Großvater saß neben seinem Volksempfänger, aus dem rauschend *Deutschland über alles* erklang.

„Die hab ich verlegt", log Franz, denn in Wahrheit hatte er die Fäustlinge Otto überlassen.

Draußen blies der eisige Nordwind und rüttelte an die Fensterscheiben. Die strahlende Wintersonne vermochte es nicht, die klirrende Kälte milder zu stimmen. Der Frost ließ die Landschaft erstarren. Er brachte kunstvolle Zapfen an den Dächern an und verwandelte Gewässer in glatte Eisspiegel.

„Geh, Franz, tu doch die Katz' raus!", tönte es aus der Küche. Es war die Mutter, die gerade dabei war, zusammen mit Polina Butter herzustellen. Letztere drehte kräftig die Kurbel des Butterfasses. Der Rahm musste gleichmäßig geschleudert werden, damit sich die Buttermilch vom Fett trennte. Die Fettklumpen wurden danach in kaltem Wasser gut durchgeknetet und anschließend in Modeln gedrückt. Die Formen wiesen verschiedene Muster auf, sodass man nach dem Herausstürzen ein mit Blumen und Blättern verziertes Stück als Ergebnis hatte.

„Aber die Schnurli möcht' sich auch ein bisserl aufwärmen", rief Franz in die Küche.

„Geh, der is' doch nicht kalt. Die hat ja eh so ein dickes Winterfell. Die soll sich ins viele Heu kuscheln", gab die Mutter zurück, deren Meinung es war, Katzen hätten im Haus nichts verloren. Doch die Mieze hatte es sich bereits auf der Ofenbank gemütlich gemacht und schnurrte vor sich hin.

Dass sich Franz um Schnurli keine Sorgen machen musste, dessen war er sich bewusst. Sie würde trotz der frostigen Temperaturen keinesfalls erfrieren. Bei Otto hatte Franz jedoch seine Zweifel. Er behauptete zwar stets, unter seiner dicken Daunendecke könne ihm nicht kalt werden, aber seit kurzem litt er an starkem Husten.

Der Großvater wusste um Ottos Erkältung. Er hüstelte vor sich hin und erweckte so den Anschein als wäre er es, der krank war. So konnte er die Mutter bitten, Wasser aufzusetzen und eine große Kanne Hustentee zuzubereiten.

Die Kräuter sammelte die Mutter selbst. Gemeinsam mit Rosi pflückte sie im Sommer Kamille, Linden- und Holunderblüten, Spitzwegerich, Schafgarbe, Brennnesseln und so manch anderes Kraut. Das Wissen über Heilpflanzen hatte sie sich eigenständig beigebracht. Auch Franz kannte schon etliche Pflanzen beim Namen und war über deren Wirkung im Bilde. So wusste er etwa, dass zerriebene Spitzwegerichblätter bei einem Insektenstich Linderung brachten oder dass die unscheinbare Vogelmiere ein sehr gesundes Kraut war, das Frühjahrsmüdigkeit vertrieb. Wie viele verschiedene genießbare Pflanzen man direkt vor der Haustür fand, faszinierte den Jungen.

Im Frühling duftete die ganze Küche nach Bärlauch. Der wilde Knoblauch kam aufs Butterbrot, wurde zu Suppe oder Spinat verarbeitet. Der Großvater konnte keinen rechten Gefallen an der Experimentierfreudigkeit seiner Tochter finden. Den Salat aus Löwenzahn, Giersch, Sauerampfer und Gänseblümchen stempelte er als Kuhfutter ab und aß nur widerwillig davon. Die Mutter aber schätzte sehr, was ihr die Natur zur Verfügung stellte, weshalb sie auch als die *Kräuterfee Mitzi* bekannt war. Viele schworen auf ihre Teemischungen. Mitzi sah das Sammeln, Trocknen und Zerkleinern der Pflanzen nicht als Arbeit, sondern als Vergnügen und freute sich, wenn sie mit ihrem Tee so manches Leiden lindern und so manche Krankheit verkürzen konnte.

Der Teekessel dampfte und begann zu klappern. Die Mutter goss eine Mischung aus Spitzwegerich, wilden Dost und Holunderblüten mit dem kochenden Wasser auf und ließ das Ganze zehn Minuten zugedeckt ziehen.

Franz füllte ein großes Häferl mit dem wohlriechenden Aufguss und verzupfte sich still und heimlich durch den Türspalt, Schnurli hinterher.

Als wären es nur Schatten, die über den verschneiten Hügel huschten, eilten die Rehe zur Waldung. Kurz blieb der Sprung stehen, um zu lauschen. Im Gegenlicht der Sonne schien es, als ob die Tiere auf eine weiße Leinwand gemalt waren. Das Geweih zweier Böcke war deutlich zu erkennen. Langsam setzten sie sich wieder in Bewegung und verschwanden schließlich im sicheren Gehölz.

Otto beobachtete aufmerksam die malerische Szene vom Scheunenfenster aus. Er wäre am liebsten mit den Rehen mitgelaufen. Franz lag neben ihm im Heu und döste vor sich hin.

„Schnarchnase, aufwachen!", kommandierte Peter, der plötzlich neben Franz im Heu landete und drei Hefegebäckstücke auspackte. „Schauts, für jeden eine Bucht'l mit Powidlmarmelade."

Die Jungen griffen gerne zu und vernaschten das süße Backwerk. Die weichen, noch warmen Buchteln der Stockhammerin waren der reinste Gaumenschmaus.

Peter echauffierte sich über die Leseübung, die ihm seine Mutter noch aufgezwungen hatte. Die Sätze seien viel zu lang gewesen, die Wörter viel zu kompliziert. Er löste tausend Mal lieber knifflige Rechenaufgaben, darin sei er nämlich wirklich gut. Kühn behauptete er sogar, der

Rechenmeister der Schule zu sein und das Einmaleins perfekt zu können. Die Buben stellten den Angeber daraufhin auf die Probe und prüften ihn die Zahlenreihe ab. Peter hatte wirklich nicht nur große Töne geschwungen, er beherrschte die einfache Multiplikation tatsächlich tadellos.

„Lesen ist für ein Musketier sowieso nicht wichtig. Kämpfen, das ist was ein Musketier können muss!", erklärte Peter. Franz und Otto wussten nicht, was ihr Freund meinte.

„Wie? Von welchem Tier redest du?", fragte Franz schließlich.

„Was? Sagt ja nicht, ihr kennt die drei Musketiere nicht", erstaunte sich Peter und der irritierte Gesichtsausdruck der beiden bestätigte ihm, dass sie wirklich nicht wussten, wovon er sprach. „Also gut, hört zu! Ich erzähl euch die Geschichte", sagte Peter und begann lebhaft vorzutragen. Franz und Otto lauschten begeistert.

„Nie würde einer den anderen verraten. Die drei Musketiere halten immer zusammen. Auf ewig", schloss Peter die Geschichte.

„Wir sind auch drei. Genau wie sie. Wir sind die drei Musketiere!", warf Otto glühend ein.

„Ja, wir halten auch zusammen. Immer und ewig!", kam es voll Enthusiasmus von Franz.

Peter stimmte zu: „Ja, auf ewig!"

„Peter, bist du da oben?", hörten sie plötzlich ein Mädchen rufen.

„Die Lini!", stellte Peter erschrocken fest. „Bleibt hier, ich werd' sie ablenken."

Peter begab sich zum Eingang und erblickte seine Schwester, dick eingepackt in einen zu großen Mantel, den Schal um den Hals bis zur Nase geschlungen, die

Mütze tief ins Gesicht gezogen. Wären da nicht die zwei langen blonden Zöpfe gewesen, hätte man wohl glauben können, ein Heinzelmännchen mit Augen wie Aquamarine stünde vor einem.

„Was gibt's?", rief der Bruder ihr zu.

„Kommts mit Schlitten fahr'n?", fragte das Mädchen.

„Nein, heut' nicht. Droben am Hügel zieht's so", fand Peter eine Ausrede und dachte, damit wäre die Sache erledigt. Doch Lini nahm die Treppe zum Heuboden.

„Dann komm' ich zu euch rauf", kündigte sie an.

Peter wurde nervös, als sich die Schwester ihm näherte. Er fragte geschwind, wo denn die Stiegler Zwillinge seien. Diese hätten Besuch, erklärte Lini, und folglich keine Zeit. Peter musste reagieren. Seine Schwester durfte die Scheune nicht betreten, zu groß war die Gefahr, dass sie Otto entdecken würde.

„Wart', Lini!", rief Peter.

Das Mädchen schaute ihn mit großen Augen an.

„Ich komm' eh mit. Ich hol mir meinen Schlitten und dann können wir geh'n. Der Franz kommt heut' eh nicht raus, so wie's ausschaut", sagte Peter schnell und manövrierte Lini wieder nach unten.

„Ach, der Franz ist gar nicht da?", wollte diese wissen.

„Nein, ich hätt' auf ihn g'wartet, aber der kommt nicht mehr. Ich glaub der ist krank", erwiderte ihr Bruder absichtlich lautstark, sodass auch Franz und Otto das Gesagte hören konnten.

Die Stockhammer Geschwister verschwanden aus dem Stadel. Franz atmete auf.

„Franz, du kannst ruhig mit ihnen zum Schlitten fahren gehen, wenn du willst", äußerte sich Otto.

Franz entgegnete, dass er gerne bei ihm bleiben würde, der eisige Wind blies an diesem Tag ohnedies viel zu stark, um auf der Rodel den Hang hinunterzusausen. Otto sah etwas betrübt drein. Franz konnte erahnen, was in seinem Freund vorging. Als ihm der Großvater von Ottos Ausflug in den Stall erzählt hatte, der in einem kleinen Desaster geendet war, hatte er größtes Verständnis für den gewagten Streifzug gehabt. Auch wenn er und Peter ihm so viel Gesellschaft wie nur möglich leisteten, war es wohl ziemlich erdrückend, tagein tagaus am selben Fleck verweilen zu müssen. Das unaufhörliche Ausharren und die ständige Angst, erwischt zu werden, mussten unweigerlich auf das Gemüt drücken.

Zum Glück verstand es Peter mit seiner witzigen Art und seinem Humor die Stimmung aufrecht zu halten. Wenn man seinen spannenden Geschichten lauschte, verging die Zeit wie im Flug. Man tauchte ein in die abenteuerlichen mystischen Erzählungen und fand sich als tapferer Ritter, skrupelloser Pirat oder stattlicher Prinz wieder. Wie sein Freund so viel Fantasie an den Tag legen konnte, woher er all die Ideen nahm, war Franz oft ein Rätsel.

Otto blickte durch die Holzstäbe nach draußen und schrak plötzlich zurück.

„Was ist los?", wollte Franz wissen.

Der mit einem Mal beunruhigte Junge antwortete: „Da war ein Mann unten. Er hat raufg'schaut, mir direkt in die Augen."

Franz eilte zum Fenster, sah aber weit und breit niemanden. Er erkundigte sich nochmals, ob wirklich jemand draußen gestanden sei. Otto nickte heftig. Er war sich absolut sicher. Da unten hatte ein Mann gestanden und zu ihm heraufgeblickt.

„Und glaubst, er hat dich durch das Holzgitter hindurch g'sehen?" Otto zuckte mit den Schultern.

„Weißt was? Ich geh' einfach schnell runter und schau nach", entschied Franz.

Franz umrundete den Hof. Zuerst konnte er niemanden entdecken, dann erhaschte er aber einen kurzen Blick auf einen dunkel gekleideten Mann, der ins Haus eintrat. Da war tatsächlich jemand. Otto hatte sich nicht getäuscht. Franz lief zurück in den Hof, um den Hintereingang zu nehmen. In der Stube hörte er Stimmen. Vielleicht war es nur der Briefträger. Was aber, wenn es einer von der SS war?

Leise näherte er sich der Stubentür und öffnete sie einen Spalt. Er sah die Mutter bei der Kredenz stehen und ein Stamperl Schnaps einschenken. Den Besucher konnte Franz durch den schmalen Türspalt nicht entdecken.

„Dank' dir recht schön!", hörte er den Mann sagen, als die Mutter ihm das Gläschen reichte.

Franz kannte die Stimme von irgendwo her, konnte sie allerdings in diesem Augenblick nicht zuordnen.

„Was hast denn alles dabei?", erkundigte sich die strickende Großmutter. Der Mann öffnete einen schäbigen Rucksack und holte allerhand Krimskrams heraus. In diesem Moment schoss es Franz, wem die kratzige Stimme zuzuordnen war. Er stieß freudig die Tür auf und begrüßte den Mann. Dieser entbot lächelnd einen Gruß, während er verschiedenerlei Gegenstände auf dem Stubentisch ausbreitete.

Der Hamsterer Willi, wie ihn jeder nannte, kam alle paar Monate vorbei, um seine Waren zu offerieren. Mit dem Hamstern hielt sich der grauhaarige Mann über Wasser. Trotz Schnee und eisiger Temperaturen zog der Vagabund von Ort zu Ort.

Franz war stets neugierig, was er anzubieten hatte. Da lag nun allerhand Zeugs auf dem Tisch: ordentlich gespitzte Bleistifte, ein hölzernes Lineal, bestickte Geschirrtücher, ein altes Rasiermesser, Streichhölzer, ein Paar Ohrringe, geblümte Keramikschüsseln und vieles mehr.

Die Mutter nahm dem Hamsterer nicht unbedingt etwas ab, weil sie es brauchte, vielmehr war es eine gütige Geste ihrerseits. Franz' Schnitzmesser etwa stammte aus dem Sammelsurium. Willi erhielt im Gegenzug Brot, Eier, Äpfel und etwas Speck.

„Gib mir zwei von den G'schirrtüchern und das Lineal. Dem Franz seines ist eh abgebrochen. Ich richt' dir gleich ein Binkerl zusammen", sagte die Mutter, schenkte Willi Schnaps nach und ging in die Küche, um ein Bündel mit Lebensmitteln zu schnüren.

„Und Franz, was geht in der Schul'? Lernst eh brav?", richtete der Hamsterer Willi das Wort an den Buben.

„Ja, ich lern' schon brav", erwiderte er, während er die verschiedenen Gegenstände inspizierte. Der Landstreicher grinste ihn an, wobei sein gelbes Gebiss samt Zahnlücke sichtbar wurde.

„Ich war heut' schon in Ratbach bei deiner Tante, der Franziska. Sie hat mir einen schönen Stoff überlassen. Ihr Mann war nicht so erfreut, einen Vagabunden wie mich im Haus zu haben. Ich bin aber eh nicht lang geblieben und außerdem kenn ich die Franziska ja schon seit sie klein war. Kinder hat die Franziska ja keine, oder?"

Franz schüttelte den Kopf. Die Großmutter mischte sich ein: „Die Fanny kann keine Kinder bekommen."

Ein wenig betreten senkte Willi seinen Blick.

Die Mutter kam mit dem Bündel zurück. „Jetzt hol ich dir noch einen Most und mach dir ein Schmalzbrot." Dieses Angebot nahm der Gast gerne an.

Franz bestaunte eine rote Mundharmonika.

„Kannst sie ruhig ausprobier'n", bemerkte Willi sein Interesse an dem kleinen Musikinstrument.

Franz blies kräftig in die Luftkanäle. Ein schiefer Ton kam heraus. Der Hamsterer musste lautstark lachen.

„Die überlass ich dir. Kannst sie gern' haben", bot er Franz an, der das Geschenk freudestrahlend annahm und sich bedankte.

„Is' scho' recht, Bub. Zeigst sie gleich mal deinem Freund. Der wartet ja droben im Heuboden!"

Franz war aufgrund dieser Aussage des Hamsterers ein wenig verstört. Rasch huschte er zur Tür hinaus und hinauf in den Heustadel.

„Schau, was ich kriegt hab!" Stolz präsentierte Franz sein Instrument, in das er ungeschickt hinein trötete. Er wusste es noch nicht so recht zu bedienen. Otto betrachtete begeistert die rote Mundharmonika und musste über die falschen Klänge, die Franz ihr abrang, lachen.

„Wo hast denn die her? Hast eigentlich nachg'schaut wegen dem Mann, der da vor der Scheune gestanden ist?"

„Ja, keine Sorge", erklärte Franz. „Das war der Hamsterer Willi, der kommt öfters und bringt viel Zeugs mit. Die hat er mir geschenkt."

Er wedelte mit der Mundharmonika herum und forderte Otto auf, auch einmal hineinzublasen. Dieser stimmte einen Ton an und begann ein kurzes Lied zu spielen. Franz machte große Augen.

„Da schaust, was?", kommentierte Otto grinsend den ungläubigen Blick seines Freundes. „Mein Vater hat mir das Spielen beigebracht. Er hatte auch eine Mundharmonika, eine silberne mit einer Gravur."

Franz war beeindruckt und wollte, dass Otto noch etwas spielte, worauf dieser zu einem Stück ansetzte, dessen melancholische Klänge Franz' Herz berührten.

Kapitel 9

Auf leisen Sohlen nahmen zwei dunkle Gestalten Stufe für Stufe zum Heustadel. Es war mitten in der Nacht. Die Finsternis verschluckte die Umgebung. Die unheimliche Stille wurde nur von den schaurigen Rufen des Waldkauzes durchbrochen. Seine geheimnisvoll klingenden Laute ertönten tief in der Nacht. Die Worte „Komm mit" rufe er, bekräftigte ein Volksaberglaube, weshalb er auch als Totenvogel galt.

Otto lag wach und lauschte den sich nähernden dumpfen Schritten. Er vernahm ein Flüstern. Angst packte ihn. Soweit er die Augen auch aufriss, in der Dunkelheit konnte er nichts erkennen. Für einen Moment glaubte er, sich die Geräusche nur einzubilden. Nachts konnte es im finsteren Heustadel überaus gruselig werden. Da hörte man aus jener Ecke ein Knirschen, aus einer anderen ein Schaben und Piepsen. Die Balken knarzten und von draußen drangen schaurige Rufe nachtaktiver Tiere.

Otto hörte deutlich ein lautes Geraschel. Nein, die Geräusche waren nicht nur Einbildung. Jemand schlich im Dunkeln herum. Er machte sich darauf gefasst, jeden Moment überrascht zu werden. Ein nicht zu unterdrückender Hustenanfall überkam ihn und mit einem Male standen zwei schattenhafte Gestalten vor ihm.

Otto schrie auf. Er spürte, wie ihm eine eiskalte Hand auf den Mund gepresst wurde. Sein Herzschlag beschleunigte sich. Er wollte sich zur Wehr setzen, hielt aber inne, als ihm eine bekannte Stimme zuflüsterte:

„Otto, wir sind's."

Der entgeisterte Junge musterte die Angreifer und erkannte in der Dunkelheit der Nacht seine Freunde.

„Franz? Peter? Habt ihr mir aber einen Schrecken eingejagt! Was macht ihr hier?"

Peter antwortete grinsend: „Tschuldige den Überfall. Aber wir haben schau'n müssen, dass niemand was mitbekommt. Wir haben eine kleine Überraschung für dich. Los, komm mit!"

Die drei Jungen gingen auf Zehenspitzen nach unten. Otto war neugierig, was die Freunde vorhatten. Franz und Peter wollten jedoch noch nichts verraten. Sie führten Otto in den Hof. Die Umrisse dreier Schlitten wurden sichtbar.

„Eine Schlittenfahrt mitten in der Nacht. Das ist doch mal was and'res", sagte Peter enthusiastisch. Otto strahlte vor Freude.

Die Buben marschierten den Dorfhügel hinauf. Die Wolken zogen Richtung Osten ab und ein sternenklarer Himmel kam zum Vorschein. Der Mond trat hervor und erhellte die Nacht mit seinem fahlen Lichtschein.

Otto war voller Euphorie. Wie oft hatte er die Dorfkinder um die veranstalteten Schlittenfahrten beneidet, ihr Lachen und Jauchzen mitbekommen und sich gewünscht, mit von der Partie zu sein. Jetzt zog er selbst eine hölzerne Rodel hinter sich her und konnte es kaum erwarten, den Hang hinunterzusausen.

Oben angekommen atmete er die frische Winterluft tief ein. Er bewunderte die helle Scheibe am Himmelszelt und die endlose Weite des Sternenhimmels.

Die Schlittenfahrt ging los. Der eisige Fahrtwind blies Otto ins Gesicht. Ein herrlicher Anflug von Freiheit machte sich in ihm breit. Er fühlte sich in diesem Moment grenzenlos, als stünde ihm die ganze Welt offen.

Die Schlitten kamen zum Stehen. Lachend ließen sich die Jungen in den Schnee plumpsen. Die Freunde wurden nicht müde, den Hang raufzulaufen und wieder hinunter-zubrausen, bis Peter plötzlich eine Idee kam.

„Wer traut sich da runter zu fahr'n?!", fragte er herausfordernd und deutete auf eine steile Böschung. Der Abgrund direkt neben dem Wald war ein gefährliches Gefälle, das fast senkrecht verlief.

Peter hatte zu dessen Entstehung selbstverständlich eine passende Geschichte parat. Er erzählte von einer jungen Frau, ein anmutiges Ding mit langem seidenem blondem Haar, bezaubernden blauen Augen und verführerischen roten Lippen. Jeder Bursche verliebte sich auf den ersten Blick in die Schönheit. Sie wusste um ihren Liebreiz und verstand es, die jungen Männer um den Verstand zu bringen. Mühelos wickelte sie die Kerle um den Finger. Die armen Teufel konnten nicht anders, als ihr treu ergeben zu sein. Genau an dieser Stelle, wo die Jungen nun standen, traf sie sich mit ihren Liebhabern. Sie turtelte mit ihnen unter der alten Wildkirsche und machte ihnen schöne Augen, nur um den Junggesellen später einen Korb zu verpassen. Rücksichtslos ließ sie alle mit einem gebrochenen Herzen zurück. Eines Tages, als die Schöne wieder einmal unter der Kirsche saß und auf ein Stelldichein wartete, fing der Baum plötzlich an, seine Wurzeln aus dem Erdreich zu heben. Der Grund bebte. Der Boden brach dem Mädchen unter den Füßen weg. Sie stürzte in den Abgrund und wurde verschüttet. Es war kein Zufall, dass es genau sie erwischte. Der ereilte Tod war die Sühne für all das angetane Liebesleid. Die Ketten, die sich um die Herzen der Männer geschnürt hatten, wurden gesprengt und all der Herzschmerz zog von dannen.

„Ich sag's euch, genau so war's!", beteuerte Peter. „Wer traut sich jetzt und fährt als Erster runter?"

Franz schüttelte energisch den Kopf und auch Otto war nicht bereit, den Vorreiter zu spielen.

„Feiglinge! Und ihr wollt Musketiere sein? Ich zeig euch wie's geht! Ein Musketier kennt schließlich keine Angst!", prahlte Peter und schwang sich auf seinen Schlitten.

„Peter, nein! Du wirst dir alle Rippen oder, noch schlimmer, das Genick brechen!", warnte ihn Franz, doch der tollkühne Junge schob mit einer gleichgültigen Handbewegung die Bedenken seines Freundes beiseite und stürzte sich mit Freudengeschrei den Hang hinunter. Franz und Otto sahen ihm besorgt nach.

Die erste Hälfte der Fahrt ging noch gut, doch dann überschlug sich der Schlitten mitsamt dem wagemutigen Piloten. Peter schlitterte die Böschung entlang und blieb reglos im Schnee liegen. Die entsetzten Freunde rutschten den Abhang hinunter.

„Peter!", schrien sie. „Alles in Ordnung?"

Franz rüttelte den Verunglückten.

„So sag doch was, Peter!", forderte er panisch.

Otto stand hilflos daneben. Ihm wurde unendlich bange. Er befürchtete schon, sein neuer Freund sei bei der irrsinnigen Schlittenfahrt umgekommen.

„Au, Franz! Hör auf, mich so zu rütteln!", gab Peter da von sich.

„Peter! Gott sei Dank! Fehlt dir was?"

Franz und Otto fiel ein Stein vom Herzen.

Peter rappelte sich auf und war sogleich wieder zum Scherzen aufgelegt. Die halsbrecherischste Schlittenfahrt seines Lebens habe er hinter sich, spaßte er, um gleich darauf schmerzerfüllt aufzuschreien.

„Ah, meine Schulter!", stieß er gequält hervor.

Die Jungen waren unentschlossen, was zu tun war.

Franz schlug vor, den Großvater zu informieren, was Peter allerdings vehement ablehnte.

„Es geht schon. Morgen ist's sicher wieder gut", behauptete er. Das gute Zureden, jemanden zur Hilfe zu holen, war zwecklos. Peter wollte partout nicht hören. So stapften die Jungen zurück ins Dorf, den vom Mond beschienenen unheilbringenden Abhang hinter sich lassend.

Erschöpft setzte Franz einen Fuß vor den anderen. Der Heimweg von der Schule erschien ihm an diesem Tag endlos. Einerseits weil er sich noch von der nächtlichen Schlittenfahrt stark erschöpft fühlte, andererseits weil er allein unterwegs war.

Peter war am Morgen nicht erschienen, nur seine Schwester Lini. Sie hatte berichtet, ihr Bruder sei nachts aus dem Bett gefallen und habe sich die Schulter ordentlich geprellt.

Franz dachte an die Schlittenpartie zurück. Peter war wirklich leichtsinnig gewesen. Es hätte weiß Gott was passieren können. Aber so war er nun mal, Peter klopfte nicht nur große Sprüche, er setzte sie auch in die Tat um. Dieser furchtlose Junge forderte seinen Schutzengel ordentlich heraus. Nicht nur einmal war er von einem gewagten Unterfangen gerade noch heil davongekommen.

Lebensgefährlich wurde es etwa damals am Löschteich. Peter ließ sich von einem Mitschüler anstacheln, in das kleine Gewässer unweit der Schule zu springen. Die Behauptung, er würde sich sowieso nicht ins kalte Wasser trauen, konnte Peter nicht einfach auf sich sitzen lassen, als Feigling bezeichnet zu werden keinesfalls akzeptieren. Also sprang er Hals über Kopf in den Teich, ungeachtet dessen, dass er gar nicht schwimmen konnte. Peter versuchte sich mit ungeschickten Bewegungen über Wasser zu halten. Die Kinder, die dem Spektakel beiwohnten, veranstalteten einen gehörigen Wirbel, der von einem Bauern in der Nähe nicht unbemerkt blieb. Der arbeitende Mann war neugierig und ging dem Radau nach. Als er am Löschteich ankam und sah, was sich abspielte, zögerte er keine Sekunde. Er sprang augenblicklich ins Wasser und fischte den nach Luft schnappenden, im Gesicht schon ganz blauen Peter heraus. Wenn Franz an dieses Ereignis zurückdachte, schauderte es ihn.

Gähnend schlurfte Franz dahin. Im Unterricht hatte er mit der Müdigkeit gekämpft und war wiederkehrend vom Schlaf übermannt worden. Der Weibold hatte sich laufend erkundigt, ob er denn krank sei und ihn schließlich heimgeschickt, da er vom Lehrstoff ohnedies nichts mitbekam.

So schleppte sich Franz vorwärts Richtung Brechthofen. Hinter ihm näherte sich ratternd ein Pferdegespann. Franz presste sich an die hohe Schneewand am Straßenrand, um die Karosse ungehindert passieren zu lassen. Da erkannte er auf dem Kutschbock den Schuster Hans. Freudig winkte er dem alten Mann zu, der daraufhin das Pferd zügelte und Franz zum Aufsitzen einlud. Der Junge war ob der Mitfahrgelegenheit ausgesprochen erfreut und schwang sich auf den Bock.

„So früh schon auf dem Heimweg, Franz?" Der Schüler erzählte, dass er vom Lehrer nachhause geschickt worden war, da er sich einfach nicht auf den Unterricht konzentrieren konnte.

„Weißt, wir waren gestern fast bis in die Morgenstunden wach, wegen der Schlittenfahrt. Eine Freud' wollten wir ihm machen, dem Ot…" Franz biss sich auf die Lippen, als er bemerkte, was er soeben von sich gegeben hatte. Er hoffte, der Schuhmacher hätte nicht hingehört, doch dieser hinterfragte neugierig: „Schlitten fahr'n mitten in der Nacht? So, so. Wem wolltets denn eine Freude machen? Wer war denn da aller dabei?"

Franz versuchte sich herauszureden und stammelte vor sich hin: „Nein, nicht in der Nacht … ich mein' … die Schlittenfahrt am Tag ist so anstrengend g'wesen und d'rum bin ich so müd' g'wesen … ich mein' … ich hab nicht einschlafen können …" Seine fadenscheinige Ausrede kam ihm dumm vor und er hielt es für besser ab diesem Zeitpunkt zu schweigen.

Mittlerweile hatte das Fuhrwerk das verschneite Dorf erreicht. Franz sprang vom Kutschbock, dankte dem alten Mann und verabschiedete sich.

„Gern g'schehn. Und nächstes Mal gehst ein bisserl früher heim von eurer Spritztour", merkte der Schuster Hans grinsend an.

Im Haus roch es herrlich nach frisch gebackenen Butterkeksen. Franz trat in die Küche, wo die Großmutter gerade Teig auswalkte, den Polina mithilfe eines Ausstechers in Form brachte. Die kleinen Sterne und Herzen warteten auf Backblechen darauf, in den Ofen geschoben zu werden.

Franz stibitzte sich ein fertiges Kekserl aus einer Blechdose und schob sich das goldgebackenen Sternenkeks in den Mund. Das noch lauwarme feine Mürbeteiggebäck schmeckte angenehm süß und zerging ihm auf der Zunge. Er beabsichtigte noch einmal zuzugreifen, kassierte allerdings einen heftigen Klaps auf die Finger.

„Burschi! Kekserl wird noch nicht gegessen!", tadelte ihn Polina. Die Großmutter sah auf und war erstaunt, dass der Enkel bereits von der Schule zuhause war. Franz meinte nur, der Weibold habe den Unterricht früher beendet. Schnell mauste er noch zwei Kekse und verschwand in die Stube. Er legte seinen Schulranzen auf der Ofenbank ab und ließ sich erschöpft nieder.

Am großen Holztisch stand ein Kranz aus immergrünen Zweiglein, aufgeputzt mit goldenen Schleifen und bestückt mit vier violetten Kerzen, von denen bereits drei entzündet worden waren. Das Tannengrün setzte seine ätherischen Öle frei und verströmte einen angenehmen Duft im Raum. An den Fenstern waren Strohsterne angebracht. Ein kleiner Porzellanengel im Herrgottswinkel sang stumm sein Lied. Weihnachten war nah.

Franz konnte das Fest kaum erwarten. Er verlangte nicht viel vom Christkind. Die Heimkehr des Vaters, gemeinsam Weihnachten feiern zu können, das war sein einziger Wunsch. Noch am selben Tag wollte er den Wunschzettel an das liebe Christkind verfassen, vielleicht hatte Otto ebenfalls einen Wunsch. Doch da fiel Franz ein, dass der Junge ihm erklärt hatte, Juden feierten kein Weihnachten. Ein acht Tage lang dauerndes Lichterfest namens *Chanukka* war ihr Brauch um diese Jahreszeit. Acht Mal Heiligabend, acht Mal Bescherung, das hätte Franz auch gefallen.

Seinen Gedanken nachhängend fiel er, von der wohligen Wärme des Kachelofens eingehüllt, in einen oberflächlichen Schlaf. Nach einiger Zeit wurde er von einem sachten Rütteln geweckt.

„Burschi!", vernahm er ein Flüstern.

Als er die Augen langsam aufschlug, sah er Polina mit einer dampfenden Schüssel vor ihm stehen und hörte sie sagen: „Du bringst bitte Essen zu Bub, ja? Schnell, bevor jemand merkt."

Franz blickte auf die heiße Krautsuppe, die ihm die Russin in die Hände drückte. Mit einem leichten Stups bewegte sie den schlaftrunkenen Jungen zum Gehen. Franz vergewisserte sich, dass die Luft rein war und huschte in den Heustadel.

„Otto, warme Suppe für dich", verkündete er und ging davon aus, dass sich unter der hohen Tuchent gleich etwas rühren würde. Doch die erwartete Regung blieb aus, lediglich der kleine Adi schaute zaghaft hervor.

Otto werde wohl schlafen, dachte Franz und schlug behutsam die weiße Daunendecke zurück. Irritiert blickte er auf einen nass geschwitzten, zitternden Jungen, dessen Augen sich hinter den Lidern blitzartig hin und her bewegten. Ein Albtraum quälte ihn. Die Stirn war heiß, die Wangen glühten. Schüttelfrost packte den Fiebernden. Leises Stöhnen und Wimmern drangen aus seiner Kehle. Franz redete auf Otto ein und bemühte sich zu ihm durchzudringen. Doch Otto lag in Besinnungslosigkeit. Hohe Fieberschübe quälten ihn und versetzten ihn in eine Art Betäubung. Franz musste Hilfe holen, so schnell wie nur irgend möglich.

Die Stubentür wurde ruckartig aufgestoßen. Erschrocken fuhr die Mutter, die gerade den Tisch deckte, herum und sah den Großvater zusammen mit Franz hereinstürmen. In seinen Händen trug der Alte einen regungslosen Jungen. Sachte legte er den Buben auf die Ofenbank und platzierte ein Kissen unter seinem Kopf. Polina, die den Trubel mitbekommen hatte, eilte herbei.

Die Mutter wusste nicht, wie ihr geschah. Sie war derart verwirrt, dass sie die Situation um sich herum nicht zu deuten wusste. Die Befehle des Großvaters drangen gar nicht erst zu ihr durch. Die Szene beschwor Bilder von damals herauf: die offene Luke am Heuboden, der Großvater mit ihrem leblosen Sohn im Arm.

Der Großvater schälte Otto aus den nassen Kleidern. Polina versuchte dem Jungen Wasser einzuflößen und kühlte die heiße Stirn mit einem feuchten Tuch. Franz brachte frische Kleidung und eine Decke. Auch die überraschte Großmutter beteiligte sich am Geschehen und half dem Großvater beim Entkleiden des unbekannten Jungen.

Die Mutter blieb wie angewurzelt stehen und konnte sich nur allmählich aus ihrer Erstarrung lösen. Als sie sich näherte, wurde sie auf etwas aufmerksam, das augenblicklich ein Angstgefühl und Beunruhigung in ihr auslöste: der gelbe Stern am Mantel des Jungen. Bestürzung übermannte sie. Fragen über Fragen taten sich in ihrem Inneren auf. Der erregende Augenblick zwang sie aber zu schweigen.

„Wir müssen das Fieber senken. Polina, geh und hol Tücher für einen Wadenwickel", hörte die Mutter den Großvater sagen.

„Opa, er wird doch nicht sterben, oder?", fragte Franz besorgt. Der Großvater gab keine Antwort.

„Ihr habts davon g'wusst!", warf die Mutter in einem anklagenden Ton in die Runde am Stubentisch.

Otto schlief, eingewickelt in eine warme Decke, nächst dem beheizten Kachelofen. Neben ihm wachte Franz über das Wohlbefinden seines Freundes. Das Fieber war gesunken, der Schüttelfrost vorerst verschwunden. Wohl oder übel mussten der Großvater und Polina zugeben, von dem versteckten Juden gewusst zu haben.

„Was habts euch dabei gedacht? Wir können keinen Jud' hierbehalten. Das ist viel zu gefährlich", sprach die Mutter tadelnd die Worte aus, vor denen sich Franz so sehr gefürchtet hatte.

Bei dem Gedanken Otto wegzuschicken, schnürte es ihm den Magen zu.

„Mitzi, der Bub hat wahrscheinlich niemanden mehr. Wo soll er denn hin? Willst ihn denn der SS übergeben?", versuchte der Großvater seine Tochter umzustimmen.

Die Mutter blieb stur. Wie konnte ihr Vater nur so leichtsinnig sein und die Familie einem derartigen Risiko aussetzen? Einen Juden zu verstecken war kein Kavaliersdelikt, sondern stand unter höchster Strafe. Nein, der Junge konnte nicht bleiben.

Die Diskussion drohte in einen Streit auszuarten, bis sich die Großmutter einschaltete: „Mitzi, hör zu: Der Bub braucht doch unsere Hilf'. Er ist ja noch ein Kind. So alt wie der Franz. Du als Mutter würdest doch auch alles tun, damit deinem Kind nichts passiert, oder? Der Johann würd' den Buben sicher nicht wegschicken."

Franz war erstaunt, derartiges aus dem Mund der Großmutter zu hören. Vielmehr hatte er damit gerechnet, dass sie die Meinung der Mutter teilen würde. Immerhin war sie es gewesen, die das Porträt des Führers neben dem Kruzifix angebracht hatte und dem Hitler einigermaßen wohlgesinnt war. Doch auch ihre anfangs positive Einstellung zum Nationalsozialismus hatte sich mit dem Aufkommen des furchtbaren Krieges und der grausamen Judenverfolgung geändert.

Die Mutter richtete ihren Blick unverwandt auf die gefalteten Hände in ihrem Schoß und überlegte. Sie dachte an ihren Gatten. Wie würde er entscheiden?

Johann war ein sehr verständnisvoller, liebenswürdiger Mensch. Ein arbeitstüchtiger, hilfsbereiter Mann, der sich großer Beliebtheit im Ort erfreute. Ein liebevoller Vater und guter Ehemann. Wie sehr wünschte sie sich, der Krieg möge endlich vorbei sein und ihr Johann

unversehrt in die Heimat zurückkehren. Kein Tag
verging, an dem sie nicht an ihn dachte, auf Nachricht
von ihm wartete, jenen Brief herbeisehnte, in dem er
seine Heimkehr ankündigte. Die Großmutter hatte Recht.
Johann würde den Jungen nicht wegschicken, er würde
die Gefahr auf sich nehmen und ihm helfen. Die Mutter
schaute mit entschlossener Miene auf.

„Polina, nimm den Mantel von dem Buben", wies sie
die Dirne an. „Den Judenstern, den trennst runter und
wirfst ihn in den Ofen."

„Du schwindelst! Das ist ungerecht!" Peter lehnte sich
mit verschränkten Armen beleidigt zurück und schaute
finster drein.

„Gar nicht wahr. Ich schwindle nicht, gell Otto?!",
verteidigte sich Franz. Otto sagte nichts. Er wollte sich
nicht in die Streiterei einmischen, obwohl es in der Tat
eigenartig war, dass Franz jedes Mal die Partie *Schwarzer
Peter* gewann.

Otto war auf dem Weg der Besserung. Zwar war er
noch schwach und Husten plagte ihn, aber das Fieber war
verschwunden.

Rosi kam mit einem Häferl Kräuteraufguss für den
neuen Mitbewohner herbei. Sie stellte dem Jungen das
geblümte Gefäß hin und empfing ein dankbares Lächeln.
Welch einen Schreck sie doch bekommen hatte, als sie
von ihrer Freundin Evi nachhause kam und die Familie
mit ernsten Gesichtern am Stubentisch versammelt sitzen sah. Als allererstes dachte sie, dem Vater sei etwas
zugestoßen. Doch dann erblickte das Mädchen den kran-
ken Jungen auf der Ofenbank. Dass ihr Bruder einen Juden verstecken würde, hätte sie ihm nicht zugetraut. Darum also jedes Mal sein nervöses Verhalten, wenn er die

Stiege zum Heuboden raufschlich, schlussfolgerte sie. Rosi hatte geglaubt, Franz würde sich wegen der Kätzchen so eigenartig benehmen.

Franz war noch immer dabei sich zu rechtfertigen, während Peter vor sich hin schmollte. Der anhängliche Adi schmiegte sich an den Tee schlürfenden Otto. Schnurli beobachtete das Treiben in der Stube vom Fensterbrett aus und sah sich leid, dass der kleine schwarzweiße Kater im Warmen saß.

Draußen war es nebelgrau. Der Wind klopfte an die Fensterscheiben. In Brechthofen wurde das Backhäuschen angeheizt, das alle zwei Wochen für die drei Höfe im Dorf in Betrieb genommen wurde. Der aus Ziegelsteinen aufgemauerte Backofen musste mindestens eine Stunde vor Backbeginn aufgeheizt werden.

Der Großvater schürte zusammen mit dem Schuster Hans das Feuer. In der Küche kneteten die Mutter und Polina abwechselnd den Brotteig durch. Dem Mehl wurde Salz und Kümmel sowie der Vorteig, den die Großmutter am Abend davor angesetzt hatte, beigemengt. Nach und nach entstand durch die Zugabe von Wasser und etwas Milch eine klebrige Masse. Da die Großmutter nicht mehr die nötige Kraft aufwenden konnte, ließ sie das Durcharbeiten des Teiges den jüngeren Frauen über. Sie gab je nach Bedarf Flüssigkeit zum Mehl und wachte streng über die richtige Konsistenz der Masse. Eine Stunde lang wurde der Teig in dem großen viereckigen Teigbottich bearbeitet. Dann konnten die kreisrunden Brotlaibe geformt und auf schmalen langen Brettern, den Brotplanken, zurechtgelegt werden. Damit die Laibe in der Hitze nicht aufrissen, bestrich sie die Großmutter mit Wasser. Zum Schluss versah sie die Brote mit einem Kreuz, zum einen als christliches Symbol und Zeichen der Dankbarkeit, zum anderen zur Unterscheidung von jenen der Nachbarinnen.

Welch herrlicher Duft lag jedes Mal über dem Dorf, wenn das Gebäck aus der Hitze geholt wurde. Die Bauersleute hatten Glück, in einer Zeit knapper Lebensmittel nicht hungern zu müssen, da sie sich größtenteils selbst versorgen konnten.

Die Großmutter kam in die Stube und brachte den Kindern eine Kostprobe des frisch gebackenen Brots. Die noch warmen Scheiben rochen herrlich und erinnerten Otto an die Bäckerei in Ratbach. Unwillkürlich musste er an den Tag denken, an dem er den Laden das letzte Mal betreten hatte. Jener Tag, an dem alles anders geworden war.

„Spiel uns ein Lied auf der Mundharmonika vor!", bat Franz Otto und riss ihn damit aus seinen Gedanken.

Franz kramte in der Schublade der Kredenz und holte das kleine rote Instrument hervor. Auffordernd hielt er es Otto hin, der schließlich ein fröhliches Stück zum Besten gab. Peter und Franz begannen, im Takt mitzuklatschen. Abrupt unterbrach Otto sein Spiel, als es an der Tür klopfte. Rasch verkroch er sich unter der Bank. Die Stubentür wurde einen Spalt weit geöffnet und ein kleines blondes Mädchen spähte schüchtern in den Raum.

„Lini, was ist denn?", fragte Peter seine plötzlich aufgetauchte Schwester.

„Die Mutti schickt mich. Du sollst heimkommen. Sie braucht dich", antwortete diese.

„Ja, ich komm' schon." Peter griff nach seinem Mantel und verabschiedete sich von Franz.

„Hast du da ein Lied gespielt?", wollte Lini von Franz wissen.

„Nein, das war der Ot…, ich mein' …"

„Natürlich der Franz, wer soll's denn sonst g'wesen sein?", fiel Peter seinem Freund helfend ins Wort und schob seine Schwester zur Tür hinaus.

Die alte Ziehharmonika blieb an diesem Weihnachtsabend stumm. Der Vater hatte keinen Fronturlaub bekommen und musste Heiligabend im unbekannten Land verbringen.

Franz und seine Familie besangen in der Stube den geschmückten Christbaum. *O du Fröhliche* wurde dieses Mal nicht angestimmt. Wehmut und Kummer beherrschten die Atmosphäre und dämpften die Freuden des Weihnachtsfestes. Die Mutter brach unvermittelt in Tränen aus. Das warme Licht der Kerzen am Tannenbaum war nicht in der Lage, ihr Trost zu spenden. Auch Polina war schwer ums Herz. Sie dachte an ihr Heimatland und ihre Familie.

Aus dem Volksempfänger ertönte eine Mischung aus Kriegspropaganda, Verherrlichung des Führers und Weihnachtsbrauchtum. Weitermachen, lautete die Parole der Nazis im Radio. Trotz mancher Rückschläge nicht aufgeben, den Zusammenhalt aufrechterhalten und die Volksgemeinschaft stärken.

Gespannt lauschte man den Schaltungen zu den einzelnen Fronten und den Grüßen der Soldaten in die Heimat. Danach erklang das von den Kämpfenden im Chor gesungene Weihnachtslied *Stille Nacht*. Jeder hoffte, dass in dieser Nacht der Bombenhagel und die Kanonenkugeln ruhten. Die jährliche Weihnachtsringsendung wurde mit den Worten Joseph Goebbels' geschlossen. Mittendrin stellte der Großvater das Radio ab und unterbrach so die Rede des Reichspropagandaministers. Er hatte genug gehört.

„Wollt ihr den totalen Krieg?!", hatte Goebbels im Februar gerufen und man war bestürzt, dass dieser Krieg noch intensiviert werden sollte. War er denn nicht schon schlimm genug? Gab es nicht schon genügend Leid, genügend Opfer? Waren die Lieben nicht schon lange genug fern von der Heimat? Wie lange würden die Menschen noch in Angst und Schrecken leben müssen? Man war des Krieges müde. Die Sehnsucht nach Frieden wuchs. Der sogenannte Endsieg war jedoch nicht in Sicht. Die Sirenen heulten immer häufiger auf, die Bombenangriffe auf die Städte nahmen zu. In Schutt und Asche wurden sie gelegt. Es blieben nur mehr Trümmerwüsten übrig. Nachts kamen die Briten, untertags lösten sie die Amerikaner ab.

Ratbach war bislang verschont geblieben. Doch auch dort waren die Menschen nie sicher, ob ihre Stadt am nächsten Tag noch stand oder sie das Schicksal vieler anderer Städte ereilte. Die Bomben konnten jederzeit fallen.

Vom unmittelbaren Krieg bekam man in Brechthofen nur den weit hörbaren Lärm mit, der allmählich zur Routine wurde. Der gellende Fliegeralarm, das Brummen der Bombermotoren, die Donnerschläge: All das wurde mittlerweile nur noch als vertraute Hintergrundgeräusche wahrgenommen.

Den Heiligen Abend umhüllte eine ungewöhnliche Stille. Die stürmische Kriegsmusik blieb aus. Die Familie saß friedlich in der weihnachtlich geschmückten Stube. Irgendwann schafften sie es doch noch, für einen Moment das Kriegsgeschehen auszublenden. Die Kinder freuten sich über ihre bescheidenen Geschenke: ein Paar gestrickte Socken, für Rosi ein weißer Kamm und für ihren Bruder ein vom Großvater selbst gebasteltes Spielzeugauto. Unter dem Christbaum lag außerdem ein mit goldenem Geschenkpapier umwickeltes und einer roten Schleife versehenes Päckchen von Tante Fanny, gefüllt mit Schokolade, Stoffen und Tabak.

„Schau Otto, das Christkind hat auch was für dich dag'lassen", sagte die Großmutter und überreichte ihm sein Präsent. Die Augen des Jungen strahlten. Das Geschenk war im Nu ausgepackt. Zum Vorschein kamen ein kleines geschnitztes Holzpferd und ein handgearbeiteter dunkelgrüner Schal, den sich Otto vor Freude sogleich um den Hals wickelte.

Die Mutter erhob sich, um die Räucherpfanne vorzubereiten. Aus dem Kachelofen holte sie etwas Glut, darauf gab sie getrocknete Kräuter, Tannennadeln und Fichtenharz. Ein intensiver Duft stieg auf und verteilte sich im gesamten Raum. Die Großmutter nahm ihren Rosenkranz zur Hand und stimmte das Gebet an. Mit dem rauchenden Pfännchen ging die Familie in den Stall. Man bat den Heiligen Wendelin um dessen Schutz von Hof und Vieh.

Die Raunächte hatten für Franz etwas Magisches. Die aufsteigenden Rauchschwaden erhoben sich wie Erlösung findende Seelen, die emporstiegen und sich schließlich im Nichts auflösten. Das eintönige Gebet klang wie eine Beschwörungsformel, imstande schlafende Geister wachzurufen. Hoffentlich waren es ausschließlich wohlgesonnene Geister, dachte Franz.

Kapitel 10

„**F**rühling lässt sein blaues Band wieder fliegen durch die Lüfte. Süße, wohlbekannte Düfte streifen ahnungsvoll das Land. Horch …"

„Nein, nein, nein! Stopp!" Otto unterbrach Peter, der sich abmühte das Gedicht *Er ist's* von Eduard Friedrich Mörike zu rezitieren. „Es geht anders weiter: Veilchen träumen schon … Und es heißt nicht ‚fliegen' durch die Lüfte, sondern ‚flattern'", korrigierte ihn Otto streng.

Peter stöhnte entnervt auf: „Ich kann mir das einfach nicht merken. Wieso muss uns der Weibold auch ein Gedicht zum Auswendiglernen aufbrummen?"

„Vielleicht haben ihn die Frühlingsgefühle überwältigt", mischte sich Franz amüsiert ein und wahrscheinlich hatte er Recht, denn die warmen Sonnenstrahlen weckten nicht nur die ersten Frühjahrsblüher, sondern auch die schweren Herzen aus der langen Winterruhe. Sie erhellten die Gemütslage, entzündeten frischen Elan und schenkten neue Hoffnung.

Buschwindröschen, Schlüsselblumen und Lungenkraut zauberten erste Farbtupfer auf die Wiesen. Zarte Knospen zierten Sträucher und Bäume. Der Gesang der Amsel sowie das Geklopfe des Spechtes ertönten von Neuem. Die ersten Rotschwänze pfiffen durch die Gegend. Frühlingsduft lag in der Luft, auch in der Küche, aus der es intensiv nach Bärlauch roch, den die Mutter für die Suppe kleinschnitt.

Die Großmutter schlug indes den Strudelteig noch einmal kräftig auf die Arbeitsfläche, ehe sie ihn geschickt auf dem mit einem Tuch bedeckten Küchentisch hauchdünn auszog. Seidenglatt musste der Teig sein, sonst riss er. Die Ränder schnitt sie weg. Sie wurden später am

Holzofen zu Fladen gebacken, den sogenannten *Zelten*. Dick mit Butter bestrichen und mit Salz bestreut, ergaben die Teigreste eine kleine Köstlichkeit, über die sich die Kinder freuen durften.

Rosi schälte fleißig die letzten verrunzelten Winteräpfel. Die Großmutter hachelte diese auf den ausgezogenen Teig und rollte ihn mit Hilfe des Strudeltuches ein. Der Apfelstrudel wurde behutsam in die Rein gelegt, mit Butter bestrichen und ins Rohr geschoben.

Der Großvater kam kurz in die Stube, um sich seine Pfeife zu holen und rümpfte die Nase, als er den strengen Knoblauchgeruch wahrnahm. Er hatte keine rechte Freude mit den von der Mutter veranstalteten Bärlauch-Experimenten und war froh, wenn die Saison des „Zigeunerlauches", wie er ihn nannte, wieder vorüber war.

„Frühling lässt sein blaues Band …", fing Peter von vorne an, wurde allerdings unterbrochen, da es an der Stubentür klopfte.

Die Kinder waren sogleich in Alarmbereitschaft. Seit Otto im Haus war, achtete man penibel darauf, die Eingangstüre ständig zu verriegeln, um nicht von unangemeldetem Besuch überrascht zu werden. War sie dieses Mal nicht abgeschlossen worden? Oder wie war da jemand ins Haus gekommen? Geschwind manövrierte Franz Otto in die Küche, ging dann zur Stubentür, nahm die Klinke in die Hand und öffnete vorsichtig. Er war erstaunt, als er sah, wer da vor der Tür stand.

„Heil Hitler, Franz!", grüßte die Person, ehe sie sich an Peter wandte: „Da steckst also, Peter! Du hätt'st doch den Hühnerstall ausmisten sollen!"

Peter duckte sich erschrocken angesichts des ermahnenden Tones seiner Mutter und erwiderte kleinlaut: „Wir üben das Gedicht, das wir lernen müssen."

„Ein Gedicht!", entrüstete sich die Stockhammerin kopfschüttelnd. „Ihr sollts lieber was G'scheiteres lernen in der Schul' als irgendwelche unnützen Verse." Sie tat einen Schritt in die Stube und fragte nach Franz' Mutter, von der sie Nachschub einer Kräutermischung brauchte.

„Sie ist wohl in der Kuchl", vermutete die Stockhammerin und steuerte auf die Küche zu. Franz wurde nervös und stellte sich der Frau in den Weg.

„Die Mutter ist nicht in der Kuchl … ich mein' … die ist sicher wo draußen …", stammelte er. Die Nachbarin zog die Augenbrauen hoch und sah den Jungen zweifelnd an. Der Geruch nach Bärlauch und die Küchengeräusche verrieten ihr die Anwesenheit der Mutter. Franz' Aussage ignorierend, schob sie ihn beiseite und steuerte auf den angrenzenden Raum zu.

Fieberhaft versuchte Franz die Situation noch zu retten und beeilte sich noch vor der molligen Frau in der Küche zu sein, in der Hoffnung Otto so noch warnen zu können. Die Stockhammerin durfte ihn auf keinen Fall entdecken.

Flattrig suchte sein Blick den Raum nach seinem Freund ab. Im Türrahmen tauchte die Stockhammerin auf, die von den kochenden Frauen ausgesprochen freundlich begrüßt wurde. Sahen sie denn die Gefahr nicht, die von der fanatischen Nationalsozialistin ausging? Wie konnten sie nur so ruhig bleiben? Franz machte Otto nirgends ausfindig und hoffte inständig, die Nachbarin würde ihn nicht zu Gesicht bekommen.

„Setz dich doch her, Hermine! Du brauchst wohl wieder ein paar Kräutlein. Hab ich recht? Ich mach dir gleich wieder deine Mischung", lud die Mutter sie ein und stellte den Teekessel auf. Dann mischte sie Birkenblätter, Brennnessel, Gänseblümchen und Goldrute, gab einen

Löffel davon in ein Häferl und füllte den Rest in ein braunes Säckchen, das sie der Stockhammerin überreichte.

„Vergelt's Gott, Mitzi. Dein Blasentee ist der beste. Er wirkt recht gut."

Die Mutter schielte zu Franz hinüber und bemerkte seine sorgenvolle Miene. „Franz, ich glaub der Opa braucht dich g'schwind beim Heu runterschupfen. Schau doch mal raus", sagte sie mit nachdrücklichem Ton.

Franz wollte eigentlich lieber in der Küche bleiben und die brenzlige Situation im Überblick behalten. In Anbetracht des eindringlichen Blickes der Mutter leistete er jedoch ohne Widerrede Folge und verließ den Raum.

Er ging durch die Stube. Sie war leer. Peter war wohl nachhause gegangen, um seine Verpflichtung zu erledigen. Franz marschierte in den Hof und stapfte die Stufen zum Heuboden hinauf. Der Großvater war allerdings nicht auffindbar.

Da hörte er eine leise zischende Stimme: „Psst! Franz, hier!" Es war Peter. Franz näherte sich dem Freund und atmete vor Erleichterung auf, als er auch Otto sah.

„Da schaust!", sagte Peter gewitzt und erkannte am fragenden Gesichtsausdruck, dass Franz auf eine Erklärung wartete.

„Die Mutter war ja abgelenkt von dir. Da bin ich raus in den Flur und zur anderen Kuchltür rüber gerannt und hab noch schnell alle gewarnt."

Franz stieß einen triumphierenden Lacher aus, überglücklich, dass der Besuch der Stockhammerin glimpflich ausgegangen war.

Es war ein warmer Abend. Das leuchtende Abendrot säumte den aufkommenden Nachthimmel. Die ersten Sternlein wurden sichtbar. Das Gezwitscher der Vögel verstummte allmählich. Allein die Amsel trällerte noch ihr Lied. Dann legte sich Stille über das Dorf.

Die Tür des kleinen Schusterhauses stand einen Spalt weit offen. Ein Lichtschein drang ins Freie und verriet, dass der Schuhmacher zuhause war. Mit einem quälenden Knarzen ging die schwere Holztür langsam auf. Der Schuster blickte sich um und sah seinen alten Freund eintreten. Er schob sich den letzten Bissen seines Abendbrotes in den Mund und stand auf, um den Besuch zu begrüßen.

Die Werkstatt war gleichzeitig Küche und Wohnraum. In einem Eck stand ein kleiner Ofen, der auch als Kochgelegenheit und Wärmequelle diente. Daneben befand sich eine niedrige Kommode mit einem Bottich voll Wasser, sowie ein Regal, in dem sich verschiedene Töpfe und anderes Geschirr türmten. Ein mitten im Zimmer platzierter, quadratischer Tisch und vier abgenutzte Holzsessel boten eine Sitzgelegenheit. Am anderen Ende des Raumes stand die Werkbank des Schuhmachers auf dem allerhand Werkzeug lag, daneben eine große schwarze Nähmaschine mit der Aufschrift *Singer*, an der Wand verschiedenste Schuhleisten.

Der Großvater wollte ein Paar Schuhe für Otto in Auftrag geben. Von dessen alten durchlöcherten Tretern löste sich bereits die Sohle. Wie nicht anders zu erwarten, konnte er nicht umhin, mit seinem Freund ein Gläschen zu trinken. So saßen die beiden alten Männer in der Werkstatt und leerten die Flasche süffigen Kirschlikörs.

Das süße Schnäpschen brachte Unbeschwertheit und Heiterkeit, lockerte die Zungen, entfesselte die Redelust. Die alten Zeiten wurden hervorgekramt, in Erinnerungen geschwelgt, über so manch begangenen Streich und die ein oder andere angefachte Prügelei gelacht.

Die Wimberger Pauline kam ihnen in den Sinn, damals das schönste Mädchen in ganz Poching und Umgebung. Der Schuster und der Großvater waren nicht die Einzigen, die um sie geworben hatten. Ihre Freundschaft war damals auf eine harte Probe gestellt worden. Das Buhlen um das Mädchen hatte sie zu Konkurrenten werden lassen. Die Streitereien waren allerdings umsonst gewesen, denn Pauline entschied sich für keinen von beiden und heiratete einen anderen. Mittlerweile konnten die alten Freunde darüber lachen, damals war die Fehde bitterer Ernst gewesen.

Die zwei Alten leerten Gläschen um Gläschen. Der Großvater hätte dabei bedenken sollen, dass Trunkenheit die Sinne betäubt, den Verstand lähmt und der Wahrheit ein Schlupfloch bietet, um an die Oberfläche zu gelangen. Die Zunge wird lockerer. Man schüttet seine Sorgen und Probleme aus, legt seine Gedanken offen. Im Alkohol sitzt der Teufel. Er stachelt an, Dinge zu erzählen, die man besser für sich behalten solle.

„Ich sag dir's, Hans. Gut, wenn der Krieg vorbei ist. Den kleinen Jud' können wir ja nicht ewig verstecken …", legte der Großvater unverhofft sein Geheimnis bloß.

Der Schuster Hans schaute verblüfft drein, als er von dem am Nachbarhof versteckten Juden erfuhr. Nach einer Weile ungläubigen Staunens, lachte der Schuhmacher lauthals auf.

„Ignaz, du überraschst mich immer wieder. Komm, drauf trinken wir noch eins", sagte er, ging um eine neue Flasche Likör und schenkte dem Großvater nach.

Rundherum heulten die Sirenen auf. Der durchdringende Fliegeralarm riss Franz und Otto aus dem Schlaf. Allmählich lauter werdende Maschinengeräusche. Über das Dorf hinwegfegende Flugzeuge. Dröhnende Bombermotoren. Ein Schwall leuchtender Kugeln, die zur Erde niedersanken. Bedrohliches Pfeifen. Und dann ein Knall, und noch einer, und ein weiterer. Donnerschlag um Donnerschlag reihte sich aneinander. Der Himmel wurde blutrot. Ratbach brannte.

Bestürzt starrten die Jungen aus dem Fenster. Ein hinter dem Hügel hell loderndes Flammenmeer tat sich vor ihren Augen auf. Was in diesen Sekunden in Ratbach vor sich ging, konnten sie nur erahnen. Panische Menschen, die den Schutz der Bunker und Keller aufsuchten, von Todesangst ergriffen. Schockierte, angsterfüllte Gesichter. Banges Hoffen und Warten. Manche weinten, andere beteten, wieder andere schwiegen einfach nur.

Der Angriff dauerte nur Minuten. Minuten, die sich wie Stunden anfühlten. Minuten voll tiefster Angst. Minuten, die Elend und Zerstörung hinterließen. Häuser verwandelten sich in brennende Ruinen. Läden lagen in Schutt und Asche. Die Lederfabrik war Hauptangriffsziel und wurde zu einer Geisterstätte, in sich zusammengefallen. Nur ein Schornstein ragte noch aus den Trümmern. Verwüstung so weit das Auge reichte.

Aus all der Zerstörung erhob sich der weitgehend unversehrt gebliebene Kirchturm. Die Kirchenglocken läuteten zur Mitternacht, als ob sie mit ihrem Glockenklang das Schicksal der Stadt besiegelten.

Der Großvater zog tief an seiner Pfeife und beobachtete den arbeitenden Schuster, der einem Lederschuh den letzten Schliff verlieh. Draußen goss es in Strömen. Die schweren Regentropfen prasselten an die Fensterscheibe. Die grauen Wolken schütteten ihren Inhalt auf die Landschaft und schienen noch lange nicht entleert.

Der Großvater machte es sich auf dem harten Holzstuhl so bequem wie möglich. Auch wenn es zuhause in der Stube mit Sicherheit gemütlicher gewesen wäre, hätte er doch kein Wohlgefühl gefunden. Die Anwesenheit der Tochter aus der Stadt behagte ihm nicht. Ihr Mann hatte ihr ans Herz gelegt, das zerbombte Ratbach zu verlassen und nach Brechthofen zu gehen. So hatte sie sich aus der devastierten Stadt zu ihrer Schwester geflüchtet.

Man konnte es noch immer nicht fassen, dass Ratbach Ziel eines Angriffes geworden war. Da saß die verweinte Tante nun in der Stube ihres Elternhauses und musste erst einmal realisieren, was geschehen war. Sie konnte nicht sagen, wie stark die Schneiderei in Mitleidenschaft gezogen worden war. Wenn Fanny an die schönen Stoffe, an den regelmäßigen, beruhigenden Klang der Nähmaschinen und an die ertönende Klingel der sich öffnenden Ladentür dachte, schossen ihr erneut die Tränen in die Augen.

„Du bist ja schon ein g'scheiter Sturschädel, Ignaz!", hörte der Großvater den Schuhmacher sagen. „Willst nicht mal deinen Groll begraben?" Der Angesprochene antwortete nicht und blies lediglich eine Wolke Tabakqualm in den Raum.

Der Groll von damals war eigentlich schon lange versiegt, trotzdem konnte der Großvater seiner Tochter nicht mehr normal gegenübertreten, ihr nicht in die Augen sehen und vermied ihre Gegenwart. War es doch noch Ärger, Verdruss, Missmut? Er konnte sich diese Frage selbst nicht beantworten. Scham oder Reue hätte den Grund für seine ablehnende Haltung wohl eher beschrieben.

Damals, als Franziska sich geweigert hatte den Gaisbauer August zum Mann zu nehmen, war der Großvater über die Dummheit seiner Tochter fuchsteufelswild gewesen. Der Sohn des reichsten Bauern der Umgebung hätte eine gute Partie dargestellt. Alle Mädchen rissen sich damals um den schönen Jüngling, und wem machte er den Hof? Der Franziska, die ihm die kalte Schulter zeigte und lieber einem Schneider aus der Stadt das Jawort gab. Hätte Franziska sich mit August verehelicht, wäre der Großvater nicht gezwungen gewesen, aus Geldsorgen die schöne Wiese nebst dem Bach zu verkaufen. Aber seine Tochter weigerte sich vehement, die Frau eines Mannes, den sie nicht liebte, zu werden und blieb stur.

Dem Großvater, der ins Leere des Raumes blickte und vor sich hinsinnierte, kam unwillkürlich ein Lächeln über die Lippen. Fanny hatte einfach den gleichen Sturkopf wie ihr Vater. Sie folgte ihrem Herzen, genauso wie er es immer getan hatte. Nach außen hin gab sich der Großvater missmutig und kühl, insgeheim war er jedoch keineswegs mehr verärgert. Im Gegenteil, er war stolz, wenn die Leute die wohlhabende Dame aus der Stadt, seine Tochter, bewunderten. Er war heilfroh, dass ihr bei dem Bombenangriff nichts passiert war.

„Vergelt's Gott, gute Frau. Gott segne dich", bedankte sich die schmutzige Bettlerin, zwei kleine Kinder am Rockzipfel, mit einer ehrfürchtigen Verbeugung. Die Mutter nickte stumm und schloss die Tür hinter sich zu. Die obdachlose Frau ging ihres Weges. Sie war nicht allein mit ihrem Schicksal. So wie ihr, erging es vielen Leuten. Zahlreiche Menschen hatten kein Dach mehr über dem Kopf und waren auf der Suche nach Essbarem. Den meisten blieb nichts anderes übrig, als durch das Land zu ziehen und auf fremden Höfen um Nahrung oder einen Unterschlupf zu bitten.

Die Besuche der Hausierer häuften sich und ließen die Not im Land erahnen. Vermehrt klopfte es an der Tür. Die Mutter war entgegenkommend und gab Eier, Brot, Milch und Äpfel. Manchmal lud sie sogar den einen oder anderen Notleidenden zum Mittagessen ein, wenn dieser gerade zur rechten Zeit auftauchte. Die Mutter verlangte nichts. Der Dank der unbemittelten Menschen war ihr Lohn genug. Diese wussten die Gastfreundlichkeit zu schätzen, denn es gab auch andere Bauersleute, die weniger Mitleid zu Tage förderten und die Bettler erbarmungslos verscheuchten, ja sogar die Hunde auf sie losließen. Manche Hausierer boten sich als Arbeitskraft an, doch die Mutter wollte keinen von ihnen länger am Hof behalten, sie hatte so schon genug Leute zu versorgen.

Spät am Abend pochte es wieder einmal an die Tür. Die Großmutter und Rosi waren schon zu Bett gegangen. Der Großvater war beim Schuster Hans. Die restliche Familie saß noch in der Stube. Polina und Tante Fanny spielten mit Franz und Otto eine Runde Karten.

Die Mutter legte ihr Kräuterbuch beiseite und erhob sich, um nachzusehen, wer zu später Stunde noch anklopfte. Wahrscheinlich war es ein Bettler, der um Unterkunft für diese Nacht bitten wollte.

„Jetzt spielen wir aber mal ein anderes Kartenspiel. Du gewinnst ja jede Runde, Franz!", beschwerte sich die Tante lachend und die anderen Spieler stimmten ihr zu. Franz musste klein beigeben und schlug vor, die Schnapskarten zu holen.

Die Mutter schob den Riegel beiseite und öffnete die Türe einen Spalt. Sie spähte ins Dunkel der Nacht. Als sie sah, wer draußen wartete, erschrak sie.

In der Lade der Kredenz, wo ansonsten die Spiele aufbewahrt wurden, waren die Karten nicht auffindbar.

Franz erinnerte sich, eine Partie mit Peter und Otto gespielt zu haben. Die Karten mussten noch irgendwo in seiner Kammer liegen. Schnell huschte er nach oben und hörte beiläufig die Mutter jemanden hereinbitten.

Die Stubentür ging auf. Mit schweren Schritten traten drei Männer ein und entschuldigten sich höflich für die späte Störung. Polina und Fanny verstummten. Otto wurde blass. Er hatte sich nur kurz umdrehen müssen, ein einziger Blick auf die Männer und er wusste um ihre Zugehörigkeit.

Franz sammelte die letzten Karten auf, die verstreut auf seinem Bett lagen. Er zählte noch einmal durch, erleichtert, alle zweiunddreißig Blatt der doppeldeutschen Spielkarten beisammen zu haben. Der Großvater wäre verärgert gewesen, hätte auch nur eine einzige gefehlt.

Otto saß wie gelähmt mit dem Rücken zu den Männern, den Blick starr auf die Tischplatte gerichtet.

„Schon lang nicht mehr g'sehen, Mitzi!", richtete einer der Besucher das Wort an die Mutter. Sie kannte diesen Mann in der Uniform. Es war der Wallnegger Georg, der sie damals in der Jugendzeit eifrig umworben hatte. Viel zu aufdringlich war er gewesen. Belästigt hatte er sie und nicht einsehen wollen, dass sie kein Interesse an ihm hatte. Nun stand er als Sturmbannführer vor ihr.

Franz eilte nach unten. Die Tür zur Stube stand offen. Eine unbekannte Stimme war zu hören. Er spähte in den Raum, fuhr aber sofort zurück, als er den Besuch sah.

„Die Fanny ist ja auch da. Schön dich zu sehn", sagte der Wallnegger mit gespielter Freundlichkeit. Die beiden anderen Männer schwiegen und grinsten nur.

„Und wen haben wir denn da?" Sein Blick fiel auf den stummen Jungen, der sich nicht umzusehen getraute. Ottos Herz pochte so stark, dass er fürchtete, sein lauter

Puls wäre im ganzen Raum zu hören und würde seine Angst verraten.

Franz' Herzschlag ging nicht weniger langsam. Hinter der Stubentüre an die Wand gedrückt, wusste er nicht, wie er mit der Situation umgehen sollte. Die roten Armbinden mit dem Hakenkreuz vor Augen, war er wie paralysiert. Sie waren hier. Sie waren gekommen. Und es gab keinen Ausweg.

Der Kommandant trat einen Schritt an Otto heran. Die Frauen bemühten sich, ihr Bangen zu verbergen und sich so normal wie möglich zu verhalten. Otto hörte die Schritte hinter sich und hielt die Luft an. Er schloss die Augen und dachte an seine Eltern.

Franz war der Verzweiflung nah. Es durfte nicht alles umsonst gewesen sein. Angestrengt dachte er nach und überlegte, wie Peter mit dieser Situation umgegangen wäre. So sehr in ihm auch der Drang aufstieg, etwas zu unternehmen, er vermochte es einfach nicht, sich vom Fleck zu rühren.

Die Mutter konnte das Geschehen nur tatenlos mitansehen. Innerlich betete sie und hoffte auf ein Wunder. Der Herrgott würde doch nicht so erbarmungslos sein und zulassen, dass der Junge der SS ausgeliefert wurde. Die Schritte des Gruppenführers hämmerten wie Paukenschläge in den Köpfen. Keiner der Anwesenden wusste etwas zu unternehmen. Da sprach der Wallnegger die folgenden überraschenden Worte aus:

„Na, ein bisserl gschamig ist er ja schon. Aber groß bist worden, Franz!"

Franz hörte seinen Namen. Verwirrung kam auf. Doch schnell begriff er. Erleichterung machte sich breit. Der Gruppenführer hielt Otto für Franz. Er war gar nicht des Judenjungens wegen gekommen. Das wurde klar, als er aufzeigte, dass etliche Zwangsarbeiter aus der Leder-fabrik den Bombenangriff auf Ratbach genutzt hatten, um sich davon zu machen. Nach ihnen wurde nun in Rat-bach und Umgebung gesucht.

„Jedenfalls, wenn hier einer auftaucht, ist er uns sofort zu melden!", sagte der Kommandant streng, machte am Absatz kehrt und befahl mit einer stummen Geste seinen Männern ihm zu folgen. Die Mutter begleitete die unge-betenen Besucher zur Tür. Mit einer galanten Bewegung zog der Gruppenführer seine mit dem Reichsadler be-stückte Schirmmütze, vollzog eine ehrfürchtige Verbeu-gung und küsste die Hand der Mutter. Bei dem begierigen und sinnlichen Blick, den er ihr zuwarf, lief es ihr kalt über den Rücken.

„Der Johann ist noch an der Front?", wollte er wissen. Die Mutter nickte nur stumm. Seine Lippen verzogen sich zu einem finsteren Lächeln. Er richtete sich die Kopfbedeckung wieder zurecht, verabschiedete sich und verschwand in der Dunkelheit. Unendlich erleichtert schloss die Mutter die Tür hinter sich zu.

Kapitel 11

So schön das Frühjahr war, so viel Arbeit brachte es auch für die Bauersleute. Die Felder mussten bearbeitet, die Kartoffeln in die Erde gebracht und das Gemüse angepflanzt werden. Die Kühe durften nun am Tag auf die Weide. Sie genossen den Auslauf und ließen sich die feinen Gräser und Kräuter schmecken.

Draußen am Acker manövrierte der Großvater die Egge mit den Pferden über den tonigen Boden, um das Feld für die Aussaat vorzubereiten. Die Mutter bereitete die Erde im Gemüsegarten vor, indem sie mit der Hacke die Gartenfläche beackerte, dabei Erdbrocken zerkleinerte und das Unkraut entfernte.

Die Sonne strahlte vom Himmel. Zwei Tagpfauenaugen vollführten ihren Liebestanz und flatterten beschwingt durch die Lüfte. Die ersten Schwalben waren aus ihren Winterquartieren zurückgekehrt und segelten schwerelos über den Dächern. Hänsel und Gretel reckten ihre Blütenköpfe dem Licht entgegen und wurden fleißig von summenden Bienen und Hummeln besucht.

Die Mutter schloss für einen Moment die Augen und genoss die wärmenden Sonnenstrahlen. Eine sanfte Brise fuhr ihr durchs dunkle Haar. Tief sog sie die frische Frühlingsluft ein und lächelte zufrieden. Sie dachte an Johann und sein letztes Schreiben, in dem er ihr mitgeteilt hatte, wohl auf zu sein. Tagtäglich betete sie für ihn und hoffte auf ein baldiges Wiedersehen.

Langsam schlug sie die Augen wieder auf und fuhr zusammen, als sie die Anwesenheit einer Person bemerkte. Am Gartenzaun stand der Wallnegger Georg. Lässig auf den Staketenzaun gestützt, beobachtete er vergnügt die Mutter.

„Na, na. Vor mir braucht man doch keinen Schrecken kriegen", sagte er amüsiert und trat in den Garten.

„Es ist keiner vorbeikommen, Georg. Du vergeudest deine Zeit", erwiderte die Mutter abweisend.

Der uniformierte Mann näherte sich und entgegnete mit einem leichten Grinsen im Gesicht: „Ich such auch keinen Zwangsarbeiter. Ich bin wegen dir kommen, mein liebes Mitzerl."

Er kam auf die Mutter zu, die verunsichert zurückwich. Der Abstand zwischen den beiden verringerte sich auf eine für sie unbehagliche Weise. Ein mulmiges Gefühl breitete sich in ihr aus. Sie spürte, wie sie an den Gartenzaun stieß, der jedes weitere Zurückweichen verunmöglichte.

Der Wallnegger war nun so nahe, dass sie sein aufdringliches Rasierwasser riechen und seinen Atem spüren konnte. Er schlang seinen Arm um ihre Hüfte und zog sie an sich. Die Mutter stemmte die Arme abwehrend gegen seine Brust und versuchte ihn wegzudrücken. Doch ihr Protest schien in dem Mann das Feuer anzufachen.

„Ich hätt' schon viel früher kommen soll'n", hauchte er ihr ins Ohr und liebkoste ihren Hals. Er drückte sie fest an sich, presste sein hartes Glied an ihren Körper und gab ihr so seine unbändige Leidenschaft zu spüren. Der Mutter entkam ein Entsetzensschrei. Mit Begierde suchte der Mann nach ihren Lippen. Grob packte er ihren Hintern und wollte seine Hand unter ihren Rock schieben. Mitzi versuchte sich zur Wehr zu setzen, doch alle Auflehnung blieb ohne Erfolg. Panik überkam sie. Unaufhörlich bat sie den stürmischen Mann von ihr abzulassen. Doch ihr Flehen entfesselte nur noch mehr Erregung.

„Mitzi!", hörte man plötzlich eine Stimme rufen. Der aus dem Konzept gebrachte Wallnegger ließ angesichts der Unterbrechung von der Mutter ab. Missmutig betrachtete er den Störenfried.

„Ich fertig mit Hühnerstall. Soll ich helfen in Garten?", bot sich Polina lautstark an.

Die verdatterte Mutter richtete sich den Rock und die Haare. Froh, dass Polina zur rechten Zeit gekommen war, antwortete sie schnell: „Ja, ja, gerne. Komm her. Du kannst mir beim Unkraut jäten zur Hand geh'n." Polina schob sich durch das Gartentürchen und trat an die Seite der Mutter.

Der Wallnegger räusperte sich und bemerkte: „Na dann, die Damen. Ich will nicht länger stör'n. Also falls ihr einen von den Zwangsarbeitern sichtet, gebts mir Bescheid!" Er nickte zum Abschied. Der Mutter warf er einen brennenden Blick zu.

Verstört stand die Bäuerin da und musste das soeben Geschehene erst einmal verarbeiten. Polina legte eine Hand auf die Schulter der beirrten Frau.

„Alles gut?", wollte sie wissen.

Die Mutter nickte: „Ja. Danke, Polina."

Die Russin lächelte aufmunternd. „Dann ich geh wieder zurück Hühnerstall fertig machen."

Peter war auf der Weide und wartete auf Francesco. Die Kühe mussten zum Melken zurück in den Stall getrieben werden. Die Gerte hin und her schwingend, hielt er Ausschau nach ihm. An die Gemächlichkeit des Knechtes, der zum Trödeln neigte, hatte man sich inzwischen gewöhnt.

Endlich erschien der Italiener. Lächelnd winkte er Peter zu und rief: „Ciao, Pietro! Scusami il ritardo." Diesen Satz, mit dem sich Francesco für die Verspätung entschuldigte, kannte Peter bereits allzu gut. Auch wenn man sich jedes Mal vornahm, den italienischen Knecht für seine Unpünktlichkeit zu tadeln, ließ man es dennoch gut sein. Seine fröhliche, unbeschwerte Art zerstreute jeden Verdruss und Ärger. Man konnte ihm nicht böse sein.

„Tutto bene?", fragte er Peter, ob alles in Ordnung war. Der Junge nickte, doch Francesco hakte nach: „Aber du schaust besorgt aus. Che c'è? Was ist los?"

Peter war nicht überrascht, dass Francesco seinen Gemütszustand erriet. Vor ihm konnte man seine Gefühlslage nur schwer verbergen, er durchschaute einen sofort. In der Tat war Peter besorgt. Er musste ununterbrochen an das Geschehnis vom Vorabend denken. Mit Franz und Otto hatte er sich bei einer Heuschlacht vergnügt. Da war Otto etwas aus der Hosentasche gefallen.

„Otto, du hast den Stern noch? Ich hab dacht, Polina hat ihn verbrannt", hatte Franz verblüfft gefragt. Die Freunde betrachteten den im Heu liegenden Davidstern.

Die Russin hatte ihn nicht in den Ofen geworfen. Sie wollte, dass Otto selbst entschied, was damit geschah und gab ihn ihm zurück. Otto hatte ihn behalten. Auch wenn der Aufnäher, den die Nazis den Juden aufgezwungen hatten, Böses mit sich gebracht hatte, stellte er immerhin das heilige Symbol des Judentums dar. Darüber hinaus erinnerte er Otto in gewisser Weise an seine Eltern. Der Stern war sozusagen ein Andenken an sie.

Etwas betreten hatten die Jungen den Stofffetzen fixiert, jeder in seine eigenen Gedanken versunken. Da stand sie plötzlich unvermutet vor ihnen. Die Jungen sahen beunruhigt auf den nicht erwarteten Besuch, der neugierig den unbekannten Buben in der Runde musterte.

Peter reagierte mit Fassung: „Lini? Was machst du denn hier?"

Das blonde Mädchen schaute unschuldig drein und antwortete: „Wollt nur nachsehen, was ihr so machts."

„Das hast ja jetzt g'sehen", entgegnete Peter schroff.

„Und wer ist das?", wollte seine Schwester wissen und deutete auf Otto. Ihr Blick fiel sogleich auf den Stern mit der Aufschrift *Jude*. Argwöhnisch sah sie mit ihren großen blauen Augen von einem Jungen zum anderen.

Peter wusste, dass seine Schwester nicht dumm war und eins und eins zusammenzählen konnte. Er griff nach dem Stern, knüllte ihn zusammen und schob ihn in seine Hosentasche. Dann fasste er Lini grob an den Schultern, wirbelte sie herum und schob sie Richtung Ausgang.

„Das alles hier geht dich nichts an. Du hast nichts g'sehen! Rein gar nichts! Verstanden?!", beschwor er das Mädchen.

Nun waren die Freunde ernsthaft in Sorge, Lini würde der Stockhammerin von der Begegnung erzählen. Das Versteckspiel schien immer gefährlicher zu werden. Zunehmend mehr Leute wussten über Otto Bescheid.

„Sag, Francesco, was glaubst du? Glaubst du der Krieg dauert noch lang?"

Der Italiener sah Peter eine Zeitlang nachdenklich an und erwiderte schließlich: „Il vulcano si spegne quando vuole, la guerra quando vogliono gli uomini. Der Vulkan erlischt, wann er will, der Krieg, wann die Menschen es wollen."

Peter ließ sich die Worte des Italieners durch den Kopf gehen. Der Krieg endet, wann die Menschen es wollen … Wie lange wollte man denn diesen Krieg noch? Wie lange würde das leidige Versteckspiel noch weitergehen müssen?

Gekonnt bewegte Fanny die dünne Nadel mit dem eingefädelten Zwirn, die sie flink durch den braunen Leinenstoff bohrte und dabei eine perfekte Naht zog. Der Schneiderin lag ein Lächeln auf den Lippen. Die Näharbeit beruhigte sie, erfüllte sie mit Zufriedenheit und ließ sie für einen Moment alles um sie herum vergessen. Vertieft in ihre Arbeit, merkte sie nicht, dass der neben ihr am Stubentisch sitzende Junge sie beobachtete.

Otto war fasziniert von dem Geschick und der Schnelligkeit, welche die Frau mit der Nähnadel an den Tag legte. Auch Ottos Mutter hatte sich immer gerne der Näherei gewidmet. Sie besaß sogar eine Nähmaschine. Wenn sie auf ihrem Stuhl saß, mit den Händen konzentriert den Stoff führend und mit dem rechten Bein das Pedal betätigend, stand Otto oft neben ihr und betrachtete interessiert den Ablauf. Dabei konnte er seinen Blick nicht von der auf und ab schnellenden Nadel wenden. Die gleichmäßige Bewegung zog ihn in ihren Bann. Jedes Mal wenn der Faden riss, rutschte der Mutter ein leiser Fluch heraus. Dann sah sie ihren Sohn mit entschuldigender Miene an und schenkte ihm ein Lächeln. Das bezauberndste und warmherzigste Lächeln, das Otto je gesehen hatte.

Er betrachtete die Tante mit ihren dunklen Augen, dem welligen, zu einem Knoten gebunden Haar und dem liebenswerten Gesichtsausdruck. Kurz kam es ihm vor, als sitze seine Mutter neben ihm, so ähnlich war sie ihr.

Ein letzter Stich, und die Naht war vollendet. Fanny hielt den Flecken Stoff hoch und begutachtete ihr Werk mit kritischem Blick.

„Was wird denn das?", wurde neben ihr plötzlich die Frage gestellt. Die Schneiderin ließ das noch unfertige Kleidungsstück sinken und bemerkte erst jetzt, dass sie nicht allein war. Freundlich erläuterte sie Otto, dass sie sich einen Rock für die tägliche Arbeit anfertige.

„Und was schreibst du da?", wollte sie im Gegenzug von dem Jungen wissen, der vor einem Blatt Papier saß und einen stumpfen Bleistift in der Hand hielt. Otto sah auf seine schiefen Zeilen und erklärte, er schreibe ein Gedicht. Begeistert forderte Fanny ihn auf, ihr die Verse vorzutragen.

„Es ist aber noch gar nicht fertig", entgegnete Otto, doch Fanny ermutigte ihn, das bisher Geschriebene vorzulesen.

Otto zögerte einen Moment. Schüchtern fing er an: „Dort wo das Bächlein unbeirrt fließt, wo Stille herrscht und kein Gewehr schießt. Dort, wo die Sonne immer scheint, wo Freude ist und niemand weint. Dort, wo man bedingungslos zusammenhält, wo nie eine Bombe fällt … Weiter bin ich noch nicht."

Franziska war von den Zeilen gerührt. Welch Feingefühl dieser Junge doch besaß.

„Das ist sehr schön. Du bist ja ein richtiger Dichter", bekomplimentierte sie Otto, der daraufhin vor Verlegenheit ganz rot wurde.

„Mein Vater hat gern gedichtet. Und meine Mutter übrigens gern genäht", erzählte er.

Fanny zeigte sich begeistert und lud Otto ein, sich an einer Naht zu versuchen. Bereitwillig nahm dieser die Nadel und setzte eifrig einen Stich nach dem anderen. Fanny war überrascht, wie geschickt sich der Junge anstellte. Fast mühelos ging ihm die Arbeit von der Hand. Die Tätigkeit schien ihm sogar Spaß zu machen.

Die Schneiderin bot ihm an, zusammen ein eigenes Kleidungsstück zu nähen. Enthusiastisch begrüßte Otto den Vorschlag.

Fanny zeigte ihm, wie man Schnittmuster anfertigte und Stoffe zuschnitt. So verbrachten sie gemeinsam den restlichen Tag mit Nadel und Zwirn. Stolz präsentierte Otto am Abend den anderen sein selbstgemachtes Hemd und heimste dafür großes Lob ein.

Noch nie habe sie so ein ordentliches Hemd gesehen, meinte die Großmutter. Polina schwärmte über die Nähkünste des Jungen. Er sei der geborene Schneider, warf die Mutter ein. Von Rosi und Franz kamen sogleich die ersten Aufträge. Letzterer meinte, er hätte auch gerne so ein Hemd, und Rosi ließ verlauten, sie würde sich über einen Rock freuen. Lediglich der Großvater hielt sich zurück und schaute ein wenig grimmig drein.

Ob Franziska aus dem Jungen nun auch einen Nadelschwinger machen wolle, war er kurz davor zu fragen, überlegte es sich aber anders. Er wollte die grenzenlose Freude des Jungen, der etwas selbst geschaffen hatte, nicht trüben. Außerdem musste er sich eingestehen, dass er sich ehrlich mitfreute. Seine Tochter hatte es geschafft, dem Jungen einen sinnvollen Zeitvertreib zu bescheren, der ihm seine Sorgen vergessen ließ. Dafür war er ihr dankbar.

„… Du bist gebenedeit unter den Weibern und gebenedeit ist die Frucht deines Leibes, Jesus. Heilige Maria, Mutter Gottes, bitte für uns Sünder …" Franz wusste eigentlich nicht, was die Worte, die da in der Kirche gemurmelt wurden, bedeuteten. Er betete das *Ave Maria* zwar mit, in Gedanken sprach er aber sein eigenes Gebet.

Die Sorge, jemand könnte Otto verraten, lastete schwer auf ihm. Seit dem Tag, an dem Lini aus heiterem Himmel im Heuboden aufgetaucht war, herrschte ein beklemmendes Gefühl in seiner Brust. Als hätte die Bangnis

Fesseln um sein Herz geschlungen und zöge die Stricke nun immer fester. Die Angst, die SS könne jeden Augenblick vor der Türe stehen, raubte ihm in letzter Zeit den Schlaf. Er malte sich alle möglichen Horrorszenarien aus und wälzte sich so lange im Bett hin und her, bis der Morgen graute und das Krähen des Hahns einen neuen Tag verkündete.

Franz fragte sich, was Gott eigentlich den ganzen langen Tag so machte. Der Herr war doch allmächtig. Wieso konnte er den Krieg nicht einfach beenden, die Verfolgung der Juden stoppen? Franz entsann sich der Worte, die der Großvater häufig zu sagen pflegte: „Wenn der Herrgott es so will, dann soll es so sein. Alles hat einen Sinn im Leben, nichts ist zufällig."

Franz schöpfte Hoffnung. Gott werde schon alles richten. Der Himmelvater hatte bis zu diesem Zeitpunkt stets seine schützenden Hände über ihn und seine Familie gehalten. Sie waren von Bomben verschont geblieben, hatten ein Dach über dem Kopf und mussten weder Hunger noch Kälte leiden. Gott hatte sicher viel zu tun und konnte nicht überall gleichzeitig sein.

Mit dem gesegneten Nass aus dem Weihwasserbrunnen ein Kreuzzeichen schlagend, verließen die Gläubigen das Gotteshaus. Am Kirchenplatz wurde wie jeden Sonntag getratscht und diskutiert. Thema waren vor allem die Bombenangriffe der Alliierten auf die Städte und die herannahenden Russen. In Poching glaubten nur noch wenige an den Endsieg des Führers. Lediglich die unnachgiebigsten Nationalsozialisten waren nach wie vor von einem Triumph des Deutschen Reiches überzeugt.

Insgeheim setzten die meisten Menschen auf die Alliierten. Man hoffte sie würden diesen abscheulichen Krieg beenden. Immer öfter kam es vor, dass die

Amerikaner dem regulären Radioprogramm dazwischenfunkten. Ihre Sprache verstand man nicht, aber in irgendeiner Art und Weise brachten ihre Worte den Menschen Optimismus.

Franz stand vor der Kirche und blickte in den Himmel. Ein Regenschauer hatte die Luft reingewaschen. Die Nässe verströmte einen frischen Duft. Hinter hohen Quellwolken kam langsam die Sonne hervor. Eine drückende Schwüle machte sich breit. Über dem Kirchturm erstrahlte ein farbiges Lichtband.

Zuversicht umfing Franz. Als ob der Herrgott ein Zeichen schickte. Der Friede konnte nicht mehr weit sein. Langsam verblasste der Regenbogen wieder. Was er zurückließ, war Hoffnung.

Lautlos huschte sie, einem Gespenst gleich, barfuß und im weißen Nachthemd durch den Flur. Lediglich der alte Holzboden knarzte unter ihren kalten Füßen. Die kleine Flamme der schon beinah abgebrannten Kerze, die sie in der rechten Hand hielt, schenkte ihr etwas Licht.

Langsam schlich sie in die Stube und näherte sich der gläsernen Kredenz. Vorsichtig öffnete sie die Schublade, darauf bedacht keinen Lärm zu machen und niemanden aufzuwecken.

Die Pendeluhr an der Wand schlug zur Mitternacht. Mitzi holte einen Umschlag aus der Lade und setzte sich an den Stubentisch. Im fahlen Schein der Kerze erkannte sie die vertraute Schrift ihres Mannes.

Schnell hatte sie das Schreiben verschwinden lassen, als der Briefträger ihr es überreicht hatte. Sie wollte den Brief alleine aufmachen, die Zeilen ganz für sich lesen. Behutsam öffnete sie den Umschlag und begann das Blatt Papier auseinanderzufalten.

Liebste Mitzi

Ich will dir wieder ein paar Zeilen zukommen lassen und dir auch gleich danken für die deinigen. Es ist schön zu hören, dass es euch gut geht und am Hof alles in Ordnung ist.

Mitzi, du kannst dir sicher vorstellen, dass es hier mitten im Kriegsgeschehen nicht leicht ist. Allein das Denken an die liebe Heimat und an ein Wiedersehen lässt mich nicht verzweifeln. Aber ich darf nicht klagen, bin ich doch bis jetzt körperlich unbeschadet geblieben.

Ich habe einen neuen Kameraden gefunden, mit dem ich mich sehr gut verstehe. Ihm fehlt das linke Ohr. Das hat es ihm bei einem Angriff weggerissen. Da danke ich dann dem Herrgott umso mehr für meine Unversehrtheit.

Vor kurzem hatten wir Besuch von einem Lichtbildner. Er wollte ein paar Aufnahmen vom Leben an der Front machen. Tapfere Soldaten, die begeistert für das Vaterland zu Felde ziehen, wollte er abbilden. Wie hart es hier zugeht, das konnte er nicht einfangen. Oder wollte er erst gar nicht. Der schöne Schein soll ja nicht getrübt werden. Ich durfte mich auch vor die Kamera stellen und sende dir das Bild als lieben Gruß von der Front.

Ich freue mich schon auf ein Schreiben von dir, in dem du mir berichtest, wie es der lieben Familie geht, und schließe mit vielen Grüßen in die Heimat.

Heil Hitler

Mitzi legte den Brief zur Seite und betrachtete das Schwarz-weiß-Foto. Sie sah einen Mann in Uniform, auf dem Kopf die Feldmütze. Es war ihr Johann. Er lächelte. Doch sein Blick wirkte müde, seine Augen freudlos.

Mitzi lief eine sowohl aus Freude als auch aus Kummer aufgekommene Träne über die Wange. Mehr als je sehnte sie den Tag des Wiedersehens herbei. Sie musste sich allerdings eingestehen, dass tief in ihrem Innern auch eine gewisse Angst saß. Würde Johann derselbe sein, wenn er in die Heimat zurückkehrte? Würde alles so sein wie vorher? Würden sie nach der langen Trennung wieder zueinander finden? Oder würden sich zwei Fremde gegenüberstehen? Der Krieg konnte vieles verändern, nicht nur körperliche Narben hinterlassen. Er war im Stande einen Menschen vollkommen zu verwandeln, das wusste Mitzi nur allzu gut.

Als ihr Bruder damals aus dem Ersten Weltkrieg heimgekommen war, hatte sie ihn nicht wieder erkannt. Er war nicht mehr der gewesen, der er einmal gewesen war, und hatte sich in Schweigen gehüllt. Albträume hatten ihn Nacht für Nacht gequält. Er war mit den ihn plagenden Erinnerungen nicht zurechtgekommen. Die immer wieder kehrenden entsetzlichen Bilder in seinem Kopf hatten ihn erschöpft, ihn innerlich aufgefressen, ihn schlussendlich zerstört. Er war an seiner Vergangenheit zerbrochen und hatte den Freitod als letzten und einzigen Ausweg gesehen.

Mitzi lief ein kalter Schauder über den Rücken. Sie legte das Foto beiseite und sah auf. Ihr Blick blieb an dem Hochzeitsfoto an der Wand hängen. Sie rief sich den Tag, an dem sie Johann das Ja-Wort gegeben und ihm ewige Treue geschworen hatte, ins Gedächtnis. Ein Lächeln huschte über ihre Lippen und Zuversicht wich allem Zweifel.

Fanny streute Ringelblumensamen in das lange Beet vor dem Haus und verteilte sie gleichmäßig mit dem

Eisenrechen. Ein paar Tage zuvor hatten die Eisheiligen die letzten Frostnächte des Frühjahrs gebracht. Nun musste man endgültig keine Minustemperaturen mehr befürchten. Mit der metallenen Gießkanne befeuchtete Fanny die Erde. Jetzt mussten die Samen nur noch keimen und ein leuchtendes Meer aus gelb- und orangefarbenen Blüten hervorbringen, aus denen Mitzi ihre entzündungshemmende Heilsalbe herstellte.

Fanny lächelte zufrieden. Sie hatte die Arbeiten am Hof eigentlich immer gerne gemacht, doch noch lieber widmete sie sich der Näherei. Sie liebte ihre Arbeit im Geschäft. Die Wünsche der Kunden zu erfüllen, sie voll und ganz zufriedenzustellen, hatte für sie oberste Priorität. Zu einer Qualitätsschneiderei hatten sie und ihr Mann sich hochgearbeitet. Nun war nichts mehr wie vorher. Fanny hoffte inständig, dass der Schaden am Laden nicht allzu groß war und das Geschäft bald wieder seine Pforten öffnen konnte. Die Kundschaft würde dann hoffentlich nicht ausbleiben.

Eine rundliche Person kam den Weg entlang. Die Sonne blendete, weshalb Fanny, obwohl sie versuchte mit der Hand das grelle Licht abzuschirmen, nur die Umrisse der sich ihr nähernden Gestalt erkennen konnte.

Die dickliche Frau flötete ein „Heil Hitler!" und bekannte mit übertrieben gekünstelter Freude: „Ja, die Franziska. Jetzt seh' ich dich auch mal. Hab schon g'hört, dass du im Dorf bist."

Einen Korb voll Giersch in die Hüfte gestemmt, sprach die Stockhammerin, ohne Fannys Gruß abzuwarten, weiter. Unendlich leid tue es ihr, dass Ratbach Ziel eines Bombenangriffes geworden war. Niemand habe damit gerechnet. Ob die Schneiderei noch stünde, wollte sie wissen, setzte ihr Selbstgespräch aber gleich wieder fort.

Einer der Stieglerbuben sei an der Ostfront in Kriegsgefangenschaft geraten, dem anderen habe man in die Schulter geschossen. Die Stieglerin könne einem ja schon leidtun. Wer wisse schon, wann ihr jüngster Sohn, der Anton, einberufen werde. Immerhin sei er bereits in einem Alter, wo man für Führer und Vaterland in den Kampf ziehen könne. Nächste Woche werde der Bub nämlich schon sechzehn.

Warum Franziskas Mann eigentlich nicht an der Front sei, fragte sie. Aber solche zarten Schneiderhände würden sich wohl für einen Soldaten nicht eignen, gab sie sich zur Antwort. Was sie denn da ansäe, die Franziska. Ganz ungewohnt sei es, sie in einem stinknormalen Bauerngewand zu sehen. Ob es ihr nichts ausmache, sich die Hände schmutzig zu machen.

Fanny blieb angesichts der aufdringlichen Tirade sprachlos. Sie fühlte sich vor den Kopf gestoßen. Wollte die Nachbarin sie etwa absichtlich demütigen? Sie wusste, dass die Stockhammerin zu jener Art Menschen gehörte, die nicht nachdachten, bevor sie den Mund öffneten und unüberlegt ihren Monolog zum Besten gaben. Fanny konnte jedoch nicht umhin, die geäußerten Anspielungen als Affront aufzufassen. Wie vom Donner gerührt, vermochte sie es nicht, etwas zu entgegnen. Glücklicherweise kam in diesem Moment der Schuster Hans vorbei und entschärfte mit seinem Auftauchen die Situation.

„Grüß euch. Ich bring die bestellten Schuh' vorbei. Ist der Ignaz da?" Eine Antwort erübrigte sich, da der Großvater um die Ecke bog.

Die Stockhammerin freute das Auftauchen der beiden Männer und grüßte in dem für sie so typischen heiteren Ton. Hätte man nicht gewusst, dass die Frau eine Verfechterin des Nationalsozialismus war, man hätte ihr einfältiges, beschwingtes „Heil Hitler" wohl als Verspottung des deutschen Grußes gedeutet.

„Da wirst dich freu'n, Ignaz, dass du wieder mal beide Töchter am Hof hast, nicht wahr? Aber dass du sie nicht zu sehr schind'st. Weißt eh, Hände, die nur immer Nadel und Zwirn führ'n, sind empfind…" Weiter kam die schwatzende Stockhammerin nicht.

Der Großvater schnitt ihr das Wort ab und reagierte barsch: „Geh, Hermine. Sei doch still! Das Handwerk des Schneiders ist ein ehrbarer Beruf. Die Fanny und ihr Mann sind fleißige Leute, sonst hätten sie's nicht so weit gebracht."

Die Nachbarin war überrascht, so brüsk unterbrochen und zurechtgewiesen geworden zu sein. Sie schaute beleidigt drein.

Überrascht war auch Fanny, die nicht damit gerechnet hatte, von ihrem Vater verteidigt zu werden. Hatte er etwa seine Meinung über sie, ihren Mann und die Schneiderei geändert?

„Na ja, eigentlich wollt' ich ja zur Mitzi und ihr den Giersch bringen. Der überwuchert mir nochmal den ganzen Garten und die Mitzi kann ihn sicher gebrauchen. Wo ist die Mitzi denn?", fing sich die Stockhammerin wieder.

„Die ist gerade in der Kuchl", gab der Großvater zur Antwort.

Die beisammenstehende Runde vernahm plötzlich lauter werdende Motorengeräusche. Ein schwarzer Mercedes-Benz kam die holprige Straße entlang und hielt vor den versammelten Nachbarn. Aus dem Auto stieg in voller Montur der Wallnegger.

„Heil Hitler miteinander. Ich wollt' eigentlich zur Mitzi", sagte der mit einer roten Rose bewaffnete Sturmbannführer.

Die Freude über den Besuch des stattlichen SS-Mannes löste bei der Stockhammerin erneut einen Redeschwall aus. Sie überschüttete den Wallnegger mit Komplimenten. Wie gut er doch in seiner Uniform aussehe. Der Nationalsozialist war allerdings wenig an dem Geschnatter interessiert.

„Ja, wie dem auch sei. Wo find ich die Mitzi?", erhob der Wallnegger bestimmt die Stimme und beendete so den Redestrom der aufdringlichen Frau.

„Die Mitzi ist …", wollte der Großvater gerade eine Antwort abgeben, wurde allerdings rapide unterbrochen.

„Ist nicht da!"

Alle drehten sich in die Richtung, aus der die Antwort geschossen kam. Polina stand am Hauseck, den uniformierten Mann mit einem feindseligen Blick musternd.

Sie fügte hinzu: „Ist nicht da, die Mitzi. Ist fort. Wohin ich nicht weiß. Bleibt noch lange weg."

Die Stockhammerin zog die Augenbrauen hoch, blieb aber stumm. Der Wallnegger war enttäuscht.

„Tja, da kann man nichts machen. Magst ihr die Rose von mir geben?" Ernüchtert reichte er Fanny die Blume. Ohne jedes weitere Wort stieg er in den Wagen und brauste davon. Verwundert sah man dem Auto nach.

„Was will denn der Georg von der Mitzi?", war die Stockhammerin neugierig. Ihre Frage blieb unbeantwortet. Die anderen drehten sich um und ließen die Klatschtante stehen.

Kapitel 12

Mit aller Kraft zog Peter den alten hölzernen Sautrog in Richtung des kleinen Baches. Es hatte einige Tage stark geregnet, sodass das Gewässer genug angeschwollen war, um darauf eine Bootsfahrt zu unternehmen. Dass Franz nicht mitkam, ärgerte ihn. In letzter Zeit blieb er immer öfter bei Otto zuhause und wollte Peter nur selten begleiten. Nicht einmal als der Onkel der Stieglers mit seinem Traktor zu Besuch gewesen war und die Kinder zum Aufsitzen eingeladen hatte.

Peter verstand ja irgendwie, dass Franz aus Solidarität bei Otto blieb. Aber ab und zu hätte er schon eine Ausnahme machen können, zumal Otto immer beteuerte, nichts dagegen zu haben, wenn Franz mit Peter aufbrechen würde.

Am Bach angekommen zog Peter die Schuhe aus und krempelte die Hosenbeine hoch. Er begutachtete mit prüfendem Blick das am Boden des Trogs angenagelte Holzbrett. Hoffentlich würde es das Loch genug abdichten und kein Wasser eintreten lassen, überlegte er. Am Vorabend hatte Peter noch geschwind die Reparatur vorgenommen, auf die Hilfe von Franz hatte er verzichten müssen.

Ein letzter kräftiger Stoß und die Holzwanne glitt ins Wasser. Mit einem Satz sprang Peter in den Trog, schnappte sich den dicken Stecken an Bord und ruderte mit der Strömung den Bach entlang. Dabei kam keine rechte Freude auf. Mit Franz gemeinsam hätte das Ganze einfach mehr Spaß gemacht.

Ein Entenpärchen flog aufgeregt schnatternd davon, als es die schwimmende Wanne auf sich zukommen sah.

Eine Bisamratte kreuzte eilig den Bach, das Maul voll Grashalme. Zügig näherte sich Peter der breitesten Stelle des Baches. Er steuerte das von Hängebirken gesäumte Ufer an und brachte den Trog zum Stehen.

Da erst bemerkte er, dass ein paar Meter weiter bereits ein anderes Boot angelegt hatte. Mit einem krummen Stecken als Mast ausgestattet, an dem ein roter Fetzen als Fahne fungierte, schaukelte die Holzwanne sachte hin und her.

Peter sprang aus seinem Gefährt, band es mit einem Seil an einem Baumstamm fest und erinnerte sich sogleich, woher er den fremden Trog kannte. Er suchte Schutz hinter einer Birke und spähte vorsichtig hervor, in der Hoffnung den Bootsbesitzer zu sichten, doch dieser blieb unauffindbar. Plötzlich erschrak Peter, als er spürte, wie etwas Hartes gegen seinen Rücken gedrückt wurde.

„Aha! Eindringling!", hörte er hinter sich jemanden knurren. Blitzschnell schnellte seine Hand zum Hosenbund. Er zog sein hölzernes Spielzeugschwert, wirbelte herum und holte aus. Das Aufeinandertreffen von Holz auf Holz erzeugte einen dumpfen Schlag. Sein Gegenüber sah ihn herausfordernd an.

Mit einem Schlachtruf stürzte er sich auf Peter. Die Schwerter krachten unablässig aufeinander. Peter holte mit aller Kraft aus und schlug mit derartiger Wucht zu, sodass sein Gegner zu taumeln anfing, rücklings auf dem Boden landete und ihm dabei sein Schwert aus der Hand fiel. Triumphierend richtete Peter die Spitze seiner Waffe auf den Geschlagenen.

„Nicht schlecht, Stockhammer!", komplimentierte dieser den Sieger.

Peter lächelte stolz. Er steckte das Schwert in seinen Hosenbund zurück und half dem am Boden liegenden

Jungen auf, der sich die Erde von der Hose klopfte und fragte: „Was machst eigentlich ganz allein hier?"

„Das könnt' ich dich auch fragen", gab Peter zurück. Dass er den Reichberger Josef ganz alleine antreffen würde, damit hatte er nicht gerechnet. Normalerweise zog der Bürgermeistersohn immer eine ganze Meute höriger Buben hinter sich her.

„Ich hab meinen Schiffsjungen heute frei gegeben. Wo ist dein Co-Kapitän?", wollte Josef wissen.

„Der ist krank", log Peter.

„Tja, dann wären wohl nur wir zwei. Lust auf ein Bootswettrennen?", schlug Josef vor. Peter nahm die Herausforderung mit einem siegessicheren Grinsen an.

Tränen stiegen ihr in die Augen. Ihr Blick verschwamm. Schmerzverzerrt kniff sie die Lider zusammen und schniefte. Blinzelnd öffnete sie die geröteten Augen wieder und setzte ihre Arbeit fort. Mit jedem Schnitt trat mehr von dem brennenden Saft aus, der ihr die Augen derart reizte und ihr die Nase zu laufen brachte. Flink wiegte sie das Messer ein letztes Mal über das Schneidebrett und schob die kleinen Stücke zu den anderen in die weiß-graue Porzellanschüssel. Seufzend wischte sie den Zwiebelsaft an den Händen in die Kleiderschürze. Ihr Blick fiel auf den Haufen Erdäpfel, die auf dem Küchentisch darauf warteten verarbeitet zu werden. Sie schaute auf die Küchenuhr.

„Schon viertel nach elf! Was treibt denn die schon wieder so lange?" Mit einem genervten Stöhnen stapfte die Stockhammerin in die Waschküche hinüber.

„Sag mal wie lang schrubbst denn noch an der Wäsche herum?", herrschte sie die Dienstmagd an, die gerade dabei war eine braune Hose auszuwinden.

Die Dirne schien keinesfalls erschrocken, reagierte mit Gleichgültigkeit und setzte ihre Arbeit stumm fort. Sie war den rauen Ton der Stockhammerin gewohnt. Nur selten konnte man ihr etwas recht machen. Gute Arbeit war ihr kein Lob wert, dafür sparte sie nicht mit Tadel.

Die Bäuerin drängte die Magd zur Seite und sagte schroff: „Geh jetzt in die Kuchl! Die Erdäpfel schälen sich ja nicht von allein."

Die großgewachsene junge Frau verdrehte die Augen, ließ die Hose auf das Waschbrett plumpsen und verließ den Raum.

„Alles muss man selber machen!", schimpfte die Stockhammerin vor sich hin, schnappte sich die Hose und begann sie über die Rumpel zu reiben.

„Die ist ja noch gar nicht sauber! Außerdem hab ich ihr schon so oft g'sagt, dass sie die Wäsche vorher umdrehen soll", setzte sie ihre Schimpftirade fort, während sie das Kleidungsstück auf links drehte. Dabei bemerkte sie, dass noch etwas in der Hosentasche sein musste.

„Und im Hosensack hat sie auch nicht nachg'schaut, ob noch was drin ist!", schnaubte die wütende Stockhammerin. Sie griff hinein und holte eine Murmel, einen weißen Kieselstein, eine Brotrinde und ein gelbes Stofftaschentuch hervor.

„Also was der Peter immer alles im Hosensack hat", wunderte sie sich und faltete das Tüchlein auseinander, um es waschen zu können. Kurz stockte ihr der Atem, denn was die Stockhammerin da in Händen hielt, entpuppte sich nicht als Taschentuch.

Peter katapultierte den Schulranzen in die Ecke der Stube und stürmte zum gedeckten Esstisch. Nur knapp war er einer obligatorischen Förderstunde entgangen.

Dass der Weibold auch immer ihn zum Lesen auffordern musste. Natürlich bemerkte der Lehrer dann, dass Peter seine Leseübungen zuhause schleifen ließ.

Die Stockhammerin kam mit der dampfenden Pfanne Erdäpfelschmarren daher.

„Hab ich einen Hunger!", sagte Peter, leckte sich über die Lippen und nahm einen gehäuften Schöpfer voll Schmarren.

„Nicht so gierig, Peter! Lass den anderen auch noch was! Zuerst das Tischgebet!", ermahnte ihn seine Mutter. Die dankenden Worte an den Herrn ausgesprochen, maßregelte sie Peter weiter: „Iss nicht so hastig, Peter!"

„Ich will aber dann gleich zum Franz rüber", gab der schmatzende Junge zurück. Die Stockhammerin lud eine Portion Sauerkraut auf Linis Teller und setzte ein argwöhnisches Gesicht auf.

„So, so. Du bist aber in letzter Zeit ziemlich viel beim Franz. Warum schaut der Franz denn eigentlich gar nicht mehr zu uns rüber?", merkte sie an.

„Der hat einen neuen Freund", mischte sich Lini ein. Peter warf ihr einen warnenden Blick zu. Die Stockhammerin hob die Augenbrauen und beäugte Peter, als verlange sie eine Erklärung. Doch dieser schaufelte nur Gabel für Gabel in den Mund und ließ auf eine Erwiderung warten.

„Hat das vielleicht damit zu tun?", bemerkte die Stockhammerin und holte einen gelben Stofffetzen aus ihrer Kleiderschürze hervor.

Peter schaute auf. Als er sah, was seine Mutter in Händen hielt, ließ er die Gabel langsam sinken. Vor Erstaunen blieb ihm der Mund offenstehen.

„Das hab ich schon mal g'sehen. Ja genau! Das gehört doch dem …", platzte Lini heraus.

„Halt den Mund!", schnitt ihr Peter schroff das Wort ab. Am Tisch wurde es ganz still. Keiner getraute sich mehr weiterzuessen, mit Ausnahme des Großvaters, der angesichts seiner Schwerhörigkeit von dem Ganzen nichts mitzubekommen schien.

Langsam legte die Stockhammerin den Davidstern auf die Tischplatte und sagte: „Der war in deiner Hose. Wo hast den her?"

Peter schluckte. Dass er den Judenstern in seine Hosentasche gesteckt hatte, war ihm völlig entfallen. Er ärgerte sich über seine Unachtsamkeit und überlegte, wie er aus dieser brenzligen Situation wieder rauskam. Angst stieg in ihm hoch.

„Den hab ich g'funden. Auf der Straß'", log Peter. Wieder zog die Stockhammerin als Zeichen der Skepsis die Augenbrauen hoch.

„Gar nicht zerrissen und so sauber?"

„Den hat er von mir", schaltete sich Francesco ein. Die Stockhammerin warf dem Italiener einen finsteren Blick zu und wartete auf eine Erklärung.

„Ja, den habe ich ihm einmal gezeigt und da wollte er ihn haben, also habe ich ihm den Stern gegeben", fuhr Francesco fort, „Ich habe ihn einmal gefunden."

Die Stockhammerin schwieg für eine Weile und schnaubte schließlich wütend: „Ist das wahr, Peter?"

Peter nickte nur stumm, ohne seiner Mutter in die Augen zu sehen.

„Francesco, was fällt dir ein?", begann die Hausherrin zu schimpfen. Als sie ihre Missbilligung artikuliert hatte und ihr Zorn allmählich verflogen war, setzte sie sich und begann den kleinen Adolf mit Erdäpfelpüree zu füttern.

Peter warf Francesco einen dankbaren Blick zu und erhielt ein Lächeln zurück.

„Wirklich gut schmeckt dein Schmarren, Hermine. Habts leicht heute gar keinen Appetit, weils fast nichts essts?“, brach der Großvater das entstandene Schweigen, erhob sich langsam und schaufelte zittrig noch eine Portion auf seinen Teller.

Die Stirn vor Konzentration in Falten gelegt, ließ der Schuster die dicke Nadel seiner Nähmaschine über das Leder gleiten. Als plötzlich die Tür quietschend aufgestoßen und ein lautes „Heil Hitler!“ in den Raum geworfen wurde, erschrak er derart, dass er die Naht verriss.

„Mein Gott, Hermine! Kannst nicht anklopfen?“, brummte er unfreundlich, nahm das Leder aus der Maschine und begutachtete die missglückte Naht.

Die Stockhammerin trat an den Schuhmacher heran und hielt ihm mit einem fröhlichen Lächeln ein Paar Schuhe hin.

„Geh, Hans, sei doch bitte so gut: Könntest mir die Schuh' reparieren? Am Sonntag bräucht' ich sie wieder zum Kirchengehen.“

Ein wenig verärgert, dass die Nachbarin immer so mir nichts, dir nichts hereinplatzte und er die missratene Naht nun auftrennen musste, nahm er die schwarzen Damenschuhe entgegen. Er wusste, was nun folgen würde. Die Klatschsucht gehörte zur Stockhammerin wie ihr unbeschwertes „Heil Hitler!“. Und wie erwartet, tauchte sie in einen Monolog ein und berichtete das Neueste von Poching und Umgebung.

Genervt ließ der Schuster den Redeschwall über sich ergehen, während er versuchte, sich auf das Auftrennen der Naht zu konzentrieren. Er hörte nur mit halbem Ohr auf die Geschichten der Nachbarin, nickte alle paar Minuten oder gab ein gelangweiltes „Aha, so ist das!“ von sich. Doch plötzlich wurde er hellhörig, als die Stockhammerin irgendetwas von einem Judenstern, den sie in der Hose von Peter gefunden hatte, daher schwafelte.

„Der Italiener hat behauptet, er hat ihm den Stern geschenkt. Unfassbar, nicht wahr? Wieso hebt man einen Judenstern auf? Wieso gibt man sowas einem Buben? Ich kauf ihm das ja nicht ganz ab. Also irgendwas ist da faul. Der Peter ist so oft beim Franz drüben. Dann hat die Karoline auch noch erzählt, der Franz hätt' einen neuen Freund. Weißt du nichts, Hans? Du triffst dich doch eh so oft mit dem Ignaz?"

„Ach geh, Hermine. Du reimst dir da schon wieder was zusammen. Hat ihm halt der Italiener einen Judenstern geben. Kann ja nichts damit anstellen, der Bub", reagierte der Schuhmacher mit gespielter Ungerührtheit und versuchte so, mögliche Verschwörungstheorien der Stockhammerin zu zerstreuen.

In Wirklichkeit beunruhigte ihn die Sache sehr. Er musste unbedingt Ignaz davon erzählen. Nicht dass die unberechenbare Nationalsozialistin ihnen auf die Schliche kam. Nicht auszudenken, was mit dem Judenjungen dann geschehen würde.

„Wie geht es dem kleinen Adolf? Ist er schon brav gewachsen?", wollte der Schuster das Gesprächsthema wechseln. Die Stockhammerin ließ sich leicht ablenken. Ihre Miene erhellte sich, als sie von ihrem kleinen Sohnemann berichten konnte. Die Kirchenglocke schlug elf Uhr und beendete den Monolog der Nachbarin.

„Elf Uhr! So spät schon!", entfuhr es ihr, „Ich muss leider nachhaus', das Essen macht sich ja nicht von selbst. Außerdem muss ich eh schau'n, was die Dirn' so treibt, das faule Mädel. Die will einfach nicht hören. Also der muss man ja alles drei Mal anschaffen. So, jetzt muss ich aber wirklich. Also Hans, wennst mir die Schuh' bitte bis Sonntag fertig machen würd'st. Dank dir recht schön."

Die redelustige Frau winkte dem Schuster noch kurz zu und war dann auch schon zur Tür hinaus. Hans atmete einmal tief durch, den Kirchenglocken dankend. Wer weiß, wie lange die Tratschtante sonst noch geblieben wäre. Sogleich legte er das Leder beiseite und erhob sich, um seinen Freund Ignaz aufzusuchen.

Francesco saß im Hof auf der Gred, streifte die Stiefel ab und schüttelte das Stroh heraus. Die Stallarbeit war erledigt und der Knecht freute sich aufs Abendbrot. Die Grillen zirpten sachte vor sich hin. Francesco dachte an seine Heimat. In Italien waren sie viel lauter, die *cicale*. Viel temperamentvoller, genauso wie die Landsleute selbst. Er erinnerte sich an die Familienfeste, wo gesungen, getanzt und reichlich Wein getrunken wurde. An die lauen Sommerabende, den Duft der Zypressen und seine Beatrice. Sie wollten heiraten, doch dann kam der Krieg.

Francesco erschrak, als plötzlich jemand neben ihn trat. „Mamma mia! Pietro! Du hast mich erschreckt!"

„Scusa, Francesco", entschuldigte sich Peter, das Stroh vom Einstreuen noch in den Haaren. Er ließ sich neben dem Italiener im Schneidersitz auf den Boden nieder. Ein kurzes Schweigen entstand. Peter versuchte ein Gespräch in Gang zu bringen, wusste aber nicht recht, wie er anfangen sollte. Er sah sich verpflichtet, Francesco die Sache mit dem Judenstern zu erklären. Der Italiener war vertrauenswürdig. Er würde sicher dichthalten.

„Francesco … also … weist du … das mit dem Stern …", fing er zaghaft an.

„Non preoccuparti!", fiel ihm der Knecht ins Wort, „Keine Sorge! Du musst es mir nicht erklären."

Peter warf Francesco zuerst einen erstaunten, dann einen dankbaren Blick zu. Dieser schenkte ihm ein Lächeln, klopfte ihm aufmunternd auf die Schulter und fing an, mit ausladenden Gesten von seinem Vaterland zu schwärmen.

„Weißt du, Pietro, in Italien man lässt den Abend mit einem guten Glas Rotwein ausklingen. Un bicchiere di vino rosso. Buonissimo, il vino italiano! Die italienische Sonne, il sole italiano, macht die Trauben besonders süß."

„Vermisst du denn deine Heimat?", wollte Peter wissen. Francesco schien zu überlegen. Aus seinem Gesicht sprachen Sehnsucht und Melancholie. Natürlich vermisste er sein Heimatland. Die Kultur, die Landschaft, die Menschen.

Hinter den beiden öffnete sich plötzlich die Hoftür und die Magd trat heraus.

„Ja wollts nicht endlich mal reinkommen? Oder verzichtets auf die Jause? Die Bäuerin ist schon ganz ungeduldig und grantig. Ich kann mir wieder ihr Geschimpfe anhör'n."

Genervt stöhnte die Dienstmagd auf und verschwand wieder im Haus. Peter und Francesco warfen sich einen amüsierten Blick zu, erhoben sich und spazierten nach drinnen.

Otto lief so schnell er konnte, doch sein Verfolger war schneller und holte ihn ein.

„Hab dich! Du bist!", rief Peter aus und machte kehrt, da nun er der Gejagte war. Keuchend blieb Otto kurz stehen und überlegte, wer von seinen beiden Freunden wohl leichter zu fangen sei.

Der Großvater saß auf der Schnitzbank, fertigte ein paar neue Dachschindeln an und beobachtete belustigt das Fangenspiel der Buben. Auf der sogenannten Heinzelbank konnte er das Holz mithilfe des Klemmbocks, einem schweren Klotz, der sich durch ein Pedal bewegen ließ, fixieren. So hatte er beide Hände frei, um seine Werkstücke mit dem Zugmesser bearbeiten zu können. Holzspan für Holzspan fiel zu Boden, während der Großvater die Schindeln auf der schon etwas wackeligen vierbeinigen Bank glättete.

Franz lief vor Otto davon und schlug unvermutet, einem hektischen Feldhasen gleich, einen Haken. Dabei krachte er in Polina, die gerade vom Eierabnehmen kam.

„Vorsicht! Eier!", schrie sie entsetzt auf. Fast hätte sie den vollen Korb fallen lassen, konnte ihn aber knapp noch halten.

„Burschi!", fing sie an zu schimpfen, „Du musst aufpassen besser! Eier sind fast kaputt gegangen!" Franz entschuldigte sich knapp bei der Russin.

„Hab dich!", kam es von hinten, als Otto ihn erreichte. Polina schüttelte nur tadelnd den Kopf und beeilte sich die Gefahrenzone zu verlassen.

Die Buben rannten umher und bemerkten nicht, dass jemand in den Hof gekommen war und ihnen nun beim Spielen zuschaute. Der Großvater sah von seiner Schnitzbank auf und erblickte den Besuch. Er erhob sich und hielt Peter auf, der gerade an ihm vorbeigerannt kam. Mit einem Nicken deutete er zu der Person. Als Peter sah, wer da beim Hoftor stand, überkam ihn ein ungutes Gefühl. Otto und Franz blieben stehen und blickten in die Richtung, in die der Großvater und Peter schauten. Flinken Schrittes ging Lini auf sie zu.

„Darf ich mitspielen?", fragte das kleine blonde Mädchen erwartungsvoll. Peter reagierte etwas unwirsch. Was machte Lini schon wieder hier, die Nervensäge?

„Du kannst nicht mitspielen. Du bist zu langsam", antwortete er auf die Frage seiner Schwester.

Das Mädchen setzte ein trotziges Gesicht auf. „Du bist gemein! Ich bin nicht langsam!"

„Wieso spielst du nicht mit den Stiegler Zwillingen?", wollte ihr Bruder wissen.

„Das sind nicht mehr meine Freundinnen. Die haben mich beleidigt."

„Dann geh nachhaus' und spiel mit der Barbara!" Peter wurde zunehmend gereizter. Lini verschränkte die Arme und schob die Unterlippe vor.

„Ich will nicht mit meiner kleinen Schwester spielen. Wenn ihr mich nicht mitspielen lasst, dann erzähl ich von dem da", sagte sie störrisch und deutete mit ausgestrecktem Arm und Zeigefinger auf Otto, der erschrocken dreinblickte.

„Das wirst du nicht! Ich hab dir schon hundert Mal g'sagt, du darfst nichts darüber verraten. Halt ja deinen Mund, du blöde Kuh!", entfuhr es Peter.

„Na, na", mischte sich der Großvater ein und versuchte den Streit zu schlichten. „Die Buben lassen dich schon mitspielen." Er warf den Jungen einen warnenden Blick zu.

„Und über den Otto darfst du ja nichts verraten! Das ist unser Geheimnis. Du bist doch ein g'scheites Mädel und kannst Geheimnisse für dich behalten, oder?", fügte er hinzu.

Linis Miene erhellte sich. Energisch nickte sie. Dann streckte sie Otto die Hand hin.

„Ich bin die Karoline. Du kannst mich aber Lini nennen", flötete sie.

Otto sah auf die ihm angebotene Hand, dann schielte er zu Franz und Peter hinüber, deren Freude sich in

Grenzen zu halten schien. Deutliches Unbehagen war ihnen ins Gesicht geschrieben.

Zögernd reichte Otto ihr die Hand, schwieg aber. Beklommenheit machte sich in ihm breit, wusste er doch nicht, wie er die freundschaftliche Geste aufnehmen sollte und ob dem unschuldig dreinblickenden Mädchen zu trauen war.

Mitzi stand in der Küche und erwärmte auf dem Holzofen die Milch für die Kälber. Sie schob noch ein Scheit in den Ofen, als es an der Haustür klopfte. Sie wischte sich die Hände an der Schürze ab, richtete sich noch schnell die Haare und schritt zur Tür, um zu öffnen. Nur wenig Freude kam auf, als sie den Besucher sah.

„Grüß dich, mein liebes Mitzerl! Gut schaust aus", machte er seine Aufwartung.

„Was willst, Georg?", empfing Mitzi den Gast nicht gerade freundlich. Der Wallnegger lächelte und erkundigte sich, ob er reinkommen dürfe. In diesem Moment hörte man ein lautes Zischen.

„Die Milch!", rief Mitzi erschrocken aus, stürmte zurück in die Küche, schnappte sich zwei Geschirrtücher und zog den Topf vom Ofen. Einen Fluch ausstoßend, begann sie die übergelaufene Milch so gut es ging wegzuwischen, doch das meiste war schon eingebrannt. Ein sengriger Geruch breitete sich in der Küche aus. Mitzi eilte zum Fenster und öffnete es.

„Meine Anwesenheit lässt dich wohl alles vergessen", grinste der Wallnegger, der hinter sie getreten war.

Mitzi wurde augenblicklich wütend und wirbelte herum, um dem anmaßenden Mann einmal gehörig die Meinung zu sagen. Doch der Wallnegger war schneller, schlang seine Arme um ihre Taille und drückte seine

Lippen auf die ihren. Mitzi wusste nicht, wie ihr geschah. Mit Entsetzen in den Augen versuchte sie sich loszureißen und stemmte die Arme so fest es ging gegen die Brust des zudringlichen Mannes. Doch dieser war kräftiger und drückte sie nur noch fester an sich. Mitzi überkam Panik.

„Ist jemand zuhaus'?" hörte man da auf einmal jemanden rufen und die halboffene Küchentür wurde aufgestoßen.

„Mitzi? Die Tür war offen, da … Oh, ich stör' wohl", bemerkte der unerwartete Besuch. Der Wallnegger ließ von Mitzi ab und warf dem Störenfried einen finsteren Blick zu. Noch nie war Mitzi so froh, die Stockhammerin zu sehen.

„Hermine, komm rein! Nein, du störst nicht. Wirklich nicht. Überhaupt nicht", bat sie mit zittriger Stimme die Nachbarin, die beinahe wieder kehrtgemacht hätte, zu bleiben. Mit hochgezogenen Augenbrauen musterte die Stockhammerin den Sturmbannführer von oben bis unten. Dieser schob die Hände in den Hosensack und begann mit einem genervten Gesichtsausdruck die hölzerne Decke anzustarren.

„Was führt dich denn zu mir, Hermine? Brauchst wieder ein paar von meinen Kräutlein?", lenkte Mitzi die Aufmerksamkeit der Stockhammerin auf sich.

„Nein, danke. Heut' nicht. Ich such' nur den Peter. Weißt du vielleicht, wo er sich rumtreibt?"

Mitzi schüttelte den Kopf, sie kam erst gar nicht dazu, eine ausführliche Antwort zu formulieren, da die Nachbarin augenblicks drauflosschimpfte. Sie werde noch wahnsinnig mit diesem eigensinnigen Buben. Ständig müsse sie ihn suchen und an seine Pflichten am Hof erinnern. Seine Hausaufgaben erledige er so gut wie nie und an den Heimabenden der Hitlerjugend sei er auch nicht interessiert. Er lerne lieber Italienisch von den Knechten, stelle sich das einer nur vor. Und dann habe sie auch noch einen Judenstern in seiner Hose gefunden.

Umgehend löste der Wallnegger seinen Blick von der Decke und unterbrach das Gemeckere der geschwätzigen Frau: „Was? Ein Judenstern? Wo hat er den her?"

Die Stockhammerin war etwas überrumpelt von der brüsken Frage. Überrascht, dass sich der Wallnegger aus heiterem Himmel in die Unterhaltung eingeklinkt hatte, und von der Schroffheit seiner Worte, berichtete sie von dem Fund.

Mitzi war keinesfalls erstaunt, hatte ihnen der Schuster Hans doch schon von dem Besuch der Stockhammerin in seiner Werkstatt und dem aufgetauchten Stern berichtet. Trotzdem überkam sie ein ungutes Gefühl.

„Na ja, hat er halt irgendwo diesen Stern her. Ist ja nicht so schlimm. Was soll er schon damit anstellen", versuchte Mitzi das Ganze zu banalisieren.

„Wenn der Bub etwas über einen Jud' weiß, muss er es mir umgehend melden!", sagte der Wallnegger scharf.

„Selbstverständlich. Der Peter würd' das sofort erzählen", war sich die Stockhammerin sicher. „Na, dann. Ich will nicht länger stören", wollte sie sich verabschieden und schickte sich an, zu gehen.

„Bleib doch, Hermine!", warf Mitzi hastig ein. „Für einen Tee hast sicher Zeit. Der Georg wollt' eh los."

Sie schenkte dem Wallnegger einen vielsagenden Blick, der ihm zu verstehen gab, dass es für ihn Zeit war zu gehen, und rückte einladend einen Stuhl für die Nachbarin zurecht.

„Ich stell gleich Wasser auf", fügte sie hinzu, holte eilig den Teekessel aus dem Küchenschrank und füllte ihn.

„Ja, ich muss dann mal los", kündigte der sichtlich enttäuschte Besucher seinen Abschied an.

„Schön dich g'sehen zu haben, Georg", flötete die Stockhammerin und sah ihm nach. Als er zur Tür hinaus war, drehte sie den Kopf zu Mitzi und warf ihr ein wissendes Grinsen zu. Dann ließ sie sich ohne jeden weiteren Kommentar auf dem Stuhl nieder.

„Ja, das hört sich schon ganz gut an", lobte Otto seinen Schüler, der in die Mundharmonika blies und sich an verschiedenen Tönen probierte. Otto spielte gerne den Lehrer und hatte Freude daran, Franz das Musizieren beizubringen. Ein schiefer Ton kam aus dem Instrument, als Franz von der sich anschmiegenden Schnurli am Ellbogen gerempelt wurde.

In den Heuboden drang ein lauter Entsetzensschrei. Franz hielt kurz inne und horchte. Es war Polina, die im Gemüsegarten ein Huhn entdeckt hatte, das sich gerade daran machte fleißig herumzuscharren. Mit sonderlichen Lauten versuchte sie, den gefiederten Ausreißer zurück zum Hühnergehege zu treiben. Aufgeregt gackernd ergriff das Huhn die Flucht, Polina hinterher. Franz und Otto mussten kurz lachen.

Peter lag gelangweilt rücklings im Heu, den Kater Adi auf dem Bauch, starrte die Decke an und kaute an einem Strohhalm. Seit über einer Stunde schon ging der Musikunterricht und Peter wurde dem Horchen gleicher Tonfolgen zunehmend überdrüssig. Er hätte den Nachmittag gerne anders verbracht.

Eigentlich hätte er Francesco beim Ausmisten der Pferdeboxen helfen müssen. Auch gehörten die Rösser gestriegelt und ihre Hufe ausgeputzt. Doch der Italiener hatte Peter sozusagen vom Dienst befreit. Er gab an, das schon allein zu schaffen, Peter könne ruhig zu seinen Freunden gehen.

Und nun lag Peter untätig da, obwohl er die paar Stunden, in denen er keiner Arbeit am Hof nachgehen musste, gerne sinnvoll genutzt hätte.

Gereizt stöhnte er auf. „Franz, die Bretter von unserem Versteck im Wald gehören wieder mal angenagelt", erinnerte er seinen Freund, doch dieser war zu sehr mit der Mundharmonika beschäftigt, als dass er Peters Appell wahrgenommen hätte.

„Franz!", versuchte es Peter erneut, „schau'n wir dann mal wieder in unser Versteck?! Wir war'n schon so lang nicht mehr dort."

Keine Reaktion. Weder Franz noch Otto achteten auf ihn, zu sehr waren sie in die Übungsstücke vertieft.

Peter wurde zornig, ihm reichte es. Er schubste die schlafende Katze unsanft von seinem Bauch, die daraufhin verwirrt das Weite suchte. Dann sprang er auf und steuerte auf Franz zu. Mit einem Ruck schlug er ihm die Mundharmonika aus den Händen. Franz sah Peter erschrocken an.

„Sag mal, hörst du mir eigentlich zu?"

Franz und Otto fühlten sich derart überrumpelt, dass keiner von beiden ein Wort herausbrachte und sie Peter nur verdutzt anstarrten. Dieser schnaubte wild und herrschte die perplexen Jungen an: „Ich hab's satt immer nur im Heuboden herumzusitzen! Du kommst gar nicht mehr mit, nirgends! Bleibst immer nur bei Otto. Ich bin's leid! Immer dieses Verstecken! Mir reicht's!"

Wütend stapfte Peter davon.

Kapitel 13

Der Rauch breitete sich aus. Franz bekam einen Hustenanfall, den er nicht zu unterdrücken im Stande war. Mit jedem Atemzug füllte sich seine Lunge erneut mit dem Qualm. Hüstelnd überprüfte er, ob der Ausgang zu erreichen wäre. Doch an Flucht war nicht zu denken. Er war eingeschlossen, kein Ausweg. Er saß inmitten einer unbewegten Menschenmenge fest, die sich auf ein Zeichen gehorsam erhob.

Der Pfarrer gab dem Ministranten das Weihrauchfass zurück und schritt zum Altar. Die Orgel stimmte ein Lied an. Die Kirchgänger begannen zu singen. Zum Leidwesen von Franz saß die Hofstetterin direkt neben ihm, die eifrig übertrieben laut und derart falsch mitjodelte, dass es eher einem Katzengeschrei glich, als einem Gesang und Franz' rechtes Ohr zu schmerzen anfing.

Allmählich beruhigten sich seine gereizten Atemwege wieder und das herbeigesehnte „Gehet hin in Frieden" beendete den Gottesdienst. Wie eine Ewigkeit kam es ihm vor, bis sich alle Gläubigen von den Bänken erhoben und ihr beweihwassertes Kreuz geschlagen hatten.

Als er endlich aus dem Gotteshaus trat, sog er die frische Luft tief ein. Die herzförmigen Blätter der alten Linde wogen sich sanft im Wind und gaben ein angenehmes, kaum hörbares Rascheln von sich. Eine Wohltat für Franz' geschundenes Gehör.

Er hielt nach Peter Ausschau und fand ihn zu seinem Erstaunen mit dem Reichberger Josef unter dem Baum sitzend vor. Er näherte sich, doch die beiden Jungen waren in ihr Murmelspiel vertieft und schienen ihn nicht zu registrieren. Erst als er direkt vor ihnen stand, hoben sie ihren Blick.

„Ach, Franz. Grüß dich!", sagte Peter desinteressiert.

„Peter, kommst du heut' noch zu mir rüber?", wollte Franz wissen.

„Geht nicht. Hab schon was vor", erwiderte Peter nur knapp und widmete sich wieder seinen Murmeln.

Franz fühlte sich fehl am Platz und ging ohne ein weiteres Wort zu seiner Mutter, die gemeinsam mit Tante Fanny dem Gespräch einiger Frauen beiwohnte. Enttäuscht warf er nochmal einen Blick zu seinem Freund hinüber, der sich mit Josef prächtig zu amüsieren schien. Als er an die Seite der Mutter trat, legte diese ihren Arm um seine Schultern.

Mitzi konnte sich nicht so recht auf die Plauderei der Frauen konzentrieren. Sie wusste, dass sie beobachtet wurde. Nur ein paar Meter entfernt stand der Wallnegger, lediglich passiv an einer Konversation teilnehmend. Er schien nur Augen für Mitzi zu haben und starrte sie unentwegt an. Mitzi fühlte sich unwohl und versuchte tunlichst, jeglichen Augenkontakt mit dem aufdringlichen Mann zu vermeiden. Sein Blick brannte vor Leidenschaft. Seine Augen erweckten den Anschein, sie förmlich auszuziehen.

„So ein gutaussehender Mann, der Georg", fing die Stockhammerin plötzlich an und sah in Richtung des Wallneggers. Sein begieriger Gesichtsausdruck war ihr nicht verborgen geblieben. Die anderen Frauen drehten den Kopf und musterten den ansehnlichen Mann. Der Sturmbannführer ließ sich dadurch nicht beirren. Er hatte einzig und allein Augen für Mitzi, die ihren Blick nervös auf das Kopfsteinpflaster heftete.

„Was hast denn mit dem ang'stellt, Mitzi? Der scheint ja richtig in dich vernarrt zu sein", bemerkte die Stockhammerin.

Nun besahen alle neugierig Mitzi, die eine Hitzewallung nach der anderen überkam.

„Sag mal, Anneliese, ich hab gehört, dein Apfelstrudel ist der beste. Und dir zerreißt niemals beim Auszeihen der Teig. Wie kriegst denn das so gut hin?", wechselte Fanny abrupt das Thema, indem sie extra laut an eine der Frauen die Frage stellte, und verhalf so ihrer Schwester aus der unangenehmen Situation.

Das Austauschen verschiedener Kochrezepte wurde jäh unterbrochen, als sich die Leitnerin zu den Frauen gesellte und in die Unterhaltung dazwischenfuhr. Aufgeregt fragte das tratschliebende Weib, ob sie denn schon das Neueste wüssten.

Die Frauen sahen die Leitnerin neugierig an, die flugs zu erzählen begann: „Da hams einen g'funden." Franz wurde aufmerksam. „Einen der Zwangsarbeiter hams erwischt. Versteckt hat er sich, im Stall beim Sensenberger."

„Was du nicht sagst!", entfuhr es der Stockhammerin. Entrüstet meinte sie: „Sicher ein Jud'!"

„Das weiß ich nicht so genau. Ein Pole soll's sein", berichtete die Leitnerin.

„Dann halt ein polnischer Jud'! Dieses G'sindel! Überall findens einen Unterschlupf. Egal wo. Gar nicht g'nug kann man auf der Hut sein. Wie die Ratten, die sich überall einnisten."

Die Frauen sahen die Stockhammerin ob ihrer Feindseligkeit entgeistert an. Franz wurde ganz flau im Magen. Er musste an Otto denken. Die Angst, auch er könnte eines Tages gefunden werden, keimte wieder auf.

Mitzi war die Aggresivität der Nachbarin gegenüber den Juden zuwider. „Na, wir müssen dann mal los. Einen schönen Sonntag wünsch ich euch", bekundete sie und kehrte den Frauen den Rücken. Franz und Fanny folgten.

Peter schlug ein paar Bretter an die Bäume. Mit aller Kraft jagte er einen rostigen Nagel nach dem anderen in das Holz. In dem Versuch sich mit dem Gehämmer abzureagieren, ließ er seinem Zorn freien Lauf. Wieder mal war er allein im Wald. Wieder mal wollte Franz nicht in ihr Geheimversteck mitkommen, sondern lieber zuhause bleiben bei Otto. Otto! Alles drehte sich nur noch um den Judenjungen. Wegen ihm war Franz zu einem richtigen Stubenhocker geworden. Noch kein einziges Mal dieses Jahr hatten sie Angeln aus Ästen und Lianen gebastelt, einen Staudamm am Bach errichtet, weder neue Pfeile aus Schilf noch Bögen aus Haselnussruten angefertigt.

Peter schnaubte wütend und warf einen Stein nach einer gurrenden Taube, die das Treiben des Jungen mitverfolgte. Aufgeregt flatterte sie davon. Eine graue Feder schwebte zu Boden und landete sanft zu Peters Füßen. Er ließ sich im Schneidersitz nieder, griff nach der Feder des aufgescheuchten Vogels und betrachtete sie nachdenklich. In die Wut mischte sich Traurigkeit. Der Vater kam ihm in den Sinn. Die sonntäglichen Spaziergänge mit ihm, bei denen die Wald- und Wiesengrundstücke besucht wurden und sie die Feldfrucht begutachteten, fehlten ihm.

Die Mutter glorifizierte ihn immer als Helden, der tapfer an der Front für den Führer kämpfe. Seinen jüngeren Schwestern konnte sie damit imponieren. Peter aber wusste um die unzähligen Todesopfer des Krieges. Erst vor kurzem ereilte die Stieglerin die Nachricht, einer ihrer Söhne sei umgekommen. Kopfschuss. Er war erst neunzehn. Im Innern trug Peter die ständige Sorge, dass irgendwann auch seine Familie jene Nachricht mit der tragischen Meldung „Gefallen für Führer, Volk und Vaterland" erreichte.

Die Sonne, die an diesem wunderschönen Frühsommertag vom Himmel lachte, konnte Peters Stimmung nicht heben. Auch wenn heute sein Geburtstag war. Es bedrückte ihn, dass der Vater nicht da sein konnte. Und allem Anschein nach wartete er dieses Mal auf die Glückwünsche seines besten Freundes vergeblich. Franz hatte seinen Geburtstag noch nie vergessen.

„Wär' nur dieser Jud' nicht nach Brechthofen kommen. Sucht sich einen Unterschlupf und nimmt mir meinen besten Freund weg. Wahrscheinlich hat die Mutter doch recht. Parasiten sind sie, diese Juden. Soll sich doch zu den andern Juden schleichen. Ich wünscht' er wär fort." Peter schäumte plötzlich vor Wut, erschrak aber gleichzeitig über seine eigenen Gedanken.

Jähzorn ist ein gefährlicher Begleiter. Er setzt sich im Herzen fest. Dynamit, das auf einen Funken wartet. Die Explosion hat schwere Folgen. Einem Vulkanausbruch gleich wallen die Gefühle auf. Wut entlädt sich wie überlaufende Lava. Fördert Unbesonnenheit zu Tage, unüberlegtes Handeln, dessen weitreichende Konsequenzen unwiderruflich sind. Reue bleibt unwirksam. Lava verfügt eben über eine zerstörerische Kraft und kühlt nur sehr langsam ab.

Kapitel 14

Die Schwalben flogen hoch und prophezeiten somit anhaltend schönes Wetter. Der Großvater war bereits im Morgengrauen aufgebrochen, um mit der Sense die Wiese abzumähen. Die Heumahd brachte viel Arbeit und zog sich über Tage. Das Gras musste händisch geschnitten und mit der Gabel mehrmals gewendet werden. Inständig hoffte man, dass sich kein bösartiger Regenschauer über das Gemähte ergoss und die mühsame Arbeit verlängerte.

Franz war gemeinsam mit dem Großvater auf der Wiese und übte sich im Sensen. Mit regelmäßigen Schwüngen führte er in halbkreisförmigen Bögen die Sense über den Boden. Locker, mit Schwung und nicht mit Kraft, hatte ihn der Großvater gelehrt. Gerader Rücken, Oberkörper und Hüfte mitschwingen lassen. Es sah leichter aus, als es war. Immer wieder schlug Franz unabsichtlich die Spitze des Mähgerätes in die Erde. Aus irgendeinem Grund konnte er sich nicht auf seine Arbeit konzentrieren. Er verspürte eine innere Unruhe. Etwas versetzte ihn in Alarmbereitschaft. Er konnte jedoch beim besten Willen nicht sagen, was es war.

Endlich sahen der Großvater und Franz Rosi den Feldweg entlangkommen. Sie brachte die erste Mahlzeit des Tages und mit ihr eine kurze Pause vom Sensen. In dem Korb, den sie mitbrachte, befanden sich Schwarzbrot, hartgekochte Eier und etwas Speck. Genüsslich verspeiste Franz seine Brotmahlzeit und war froh über die Pause. Da er noch nicht so geübt war, hatte er Mühe, sich nach dem vorgegebenen Tempo des Großvaters zu richten. Doch die Arbeitsunterbrechung wurde nur kurzgehalten. „Früh auf und spät nieder, friss schnell und lauf

wieder", pflegte der Großvater häufig den alten Bauern-
spruch bei der Arbeit zu artikulieren.

Rosi machte sich daran, die Grasmahd auszubreiten.
Im Tagesverlauf wurde das Gemähte mehrmals gewendet. Am Abend wurden dann kleine Heuhaufen gemacht,
die am nächsten Tag erneut ausgebreitet wurden. Dieser
Vorgang ging einige Tage lang. Sobald das Gras gut ge-
trocknet war, konnte man sich an das Aufladen machen.
Das Heu wurde mit einer langen dreizinkigen Gabel auf
den pferdebespannten Leiterwagen gehievt. Dabei
musste jemand auf dem Wagen stehen und die Schübel
aufeinanderschichten. So entstand ein hoher Heuberg.
Auf der Wiese wurde währenddessen nochmals ordentlich nachgerecht. Die Fuhr konnte anschließend
nachhause gebracht werden.

Aus der Ferne hörte man die Kirchenglocke zwölf
Uhr schlagen. Der Großvater, Franz, Rosi und Polina, die
im Laufe des Vormittags dazu gestoßen war, machten
sich auf den Weg zum Hof. Das Mittagessen wartete. Die
Großmutter bereitete zur Heumahd jedes Mal den sogenannten *Sterz* als deftige Mahlzeit. Dafür wurden die gekochten, abgekühlten Erdäpfel gerieben und mit Salz und
etwas Mehl vermengt. Die Masse wurde in heißem
Schweineschmalz herausgebacken und mit Grammeln
serviert.

Franz' Magen knurrte. Mit Vorfreude auf die Mahlzeit
lief er den Feldweg ins Dorf voraus. Als er neben dem
Hof einen schwarzen Wagen stehen sah, blieb er voll
Vorahnung abrupt stehen.

Die Mutter sah das bekannte Auto durch das Küchen-
fenster die Straße raufkommen. Entnervt seufzte sie auf.
Was wollte der Wallnegger schon wieder hier? Seine

Zudringlichkeit wurde ihr unerträglich. Zuerst der Überfall im Garten, dann die rote Rose, seine unangekündigten Besuche. Ein paar Tage zuvor hatte er sie dann im Wald überrascht. Sie war gerade dabei, Holunderblüten zu pflücken, als ihr plötzlich von hinten eine Blume vor die Nase gehalten wurde. Sie erschrak so sehr, dass sie den Korb fallen ließ und sich der Inhalt über dem Waldboden ausstreute. Wieder mal kam der aufdringliche Mann gefährlich nahe. Er steckte ihr die Margerite ins Haar, hielt sanft ihr Kinn und strich mit dem Daumen über ihre Unterlippe. Zum Glück war die Mutter nicht allein und hatte sowohl Rosi als auch Polina dabei. Wer weiß, wie weit er sonst gegangen wäre. Der Wallnegger wusste doch nur zu gut, dass sie glücklich verheiratet war. Sah er denn nicht, dass seine Avancen auf Ablehnung stießen?

Die Mutter fixierte den näherkommenden Wagen. Heute würde sie ihm einmal so richtig die Meinung sagen, dachte sie. Sie legte das Schälmesser zur Seite und steuerte entschlossen die Haustür an.

Franz hastete den Feldweg hinunter. Er lief so schnell ihn seine Füße trugen. Er konnte nicht sagen, woher diese Warnrufe in seinem Inneren kamen. Er wusste nur, dass er Otto finden musste, und zwar auf der Stelle. Sein Freund war in Gefahr. Das fühlte Franz. Doch wo zuerst suchen? Im Heuboden, in der Küche, in der Stube, in Franz' Kammer? Es konnten nur diese Räume sein, in denen sich Otto für gewöhnlich aufhielt.

Franz eilte dem Hof entgegen. Schnurli und Adi genossen gerade die wärmenden Sonnenstrahlen und ergriffen entsetzt die Flucht, als der hektische Junge unvermutet zum Tor hereingestürmt kam. Nur für einen

Bruchteil von Sekunden registrierte Franz den schwarz-weißen Kater, konnte somit aber ausschließen, dass Otto sich im Heustadel befand, da die Katze sonst sicherlich bei ihm gewesen wäre.

Franz sprintete zur Hoftür und riss sie auf. Aus dem Hausflur drangen Männerstimmen. Mit Bestürzung musste er feststellen, dass er wohl zu spät gekommen war.

Die Entschiedenheit war zugunsten von Verblüffung gewichen. Die Mutter hatte die Tür, noch bevor jemand geklopft hatte, energisch geöffnet. Da stand er, der Wall-negger, allerdings nicht allein. Er war in Begleitung zweier anderer SS-Männer, einer davon der Reichberger Ernst. Ohne zu fragen, traten die Männer ein, schoben sich an der Mutter vorbei und stürmten ins Haus.

Der Sturmbannführer blieb vor der verdatterten Mutter stehen und sagte in einem sanften Ton: „Keine Angst, mein Mitzerl. Euch wird nichts g'schehen, dafür sorg' ich. Wir nehmen nur den Jud' mit, der sich hier versteckt." Er strich ihr über die Wange und lächelte. Die Mutter war derart perplex, dass sie kein Wort herausbrachte.

Die Begleitmänner durchsuchten Stube und Küche. Es dauerte nicht lange, bis sie zurückkamen. Entsetzen erfasste Mitzi, als sie sah, dass der Reichberger einen ver-ängstigten Jungen am Kragen daherschleifte, hinter ihm die entrüstete Großmutter.

„Da haben wir ihn!", hörte sie den SS-Mann sagen. Der Wallnegger setzte einen zweifelnden Blick auf. Prü-fend begutachtete er den Jungen.

„Aber das ist doch der Franz!", stellte er fest. Der Reichberger warf einen genauen Blick auf den Jungen.

„Nein, das ist nicht der Franz. Den Franz kenn ich. Das hier muss der Jud' sein", versicherte der Reichberger.

Der Sturmbannführer sah zuerst irritiert Otto und dann die Mutter an.

„Ach so ist das. Ich versteh' schon …", murmelte er.

Franz stand am Ende des Flurs und beobachtete die Szene. Um ihn herum wurde es dunkel. Es musste ein Albtraum sein. Deshalb war er auch wie gelähmt, unfähig etwas zu unternehmen. Ja genau, es war nur ein schlimmer Traum. Er würde jeden Moment daraus aufwachen. Doch der vermeintliche Traum wollte nicht enden und Franz konnte nicht umhin, der Realität in die Augen sehen zu müssen.

Es hatte wohl eines Tages so kommen müssen. Tief im Inneren hatte Franz es schon geahnt. Zu viele Leute wussten bereits über Otto Bescheid. Irgendjemand würde über den Juden kein Stillschweigen behalten. Das war von Anfang an klar gewesen und trotzdem hatte Franz an der Hoffnung festgehalten, niemand würde etwas verraten. Mit Gottes Hilfe ginge schon alles gut, hatten sie sich eingeredet. Bitter musste Franz sich eingestehen, dass er sich getäuscht hatte.

Selbstvorwürfe übermannten ihn. Er suchte die Schuld bei sich. Hätte er Otto doch bloß besser versteckt. Es war doch seine Aufgabe, ihn zu schützen. War es womöglich Lini, die das Ganze nicht für sich behalten hatte können? Wenn nur nie jemand sein Geheimnis herausgefunden hätte. Franz fühlte sich in diesem Moment hilflos und elend.

„Lassts den Buben los!", riss ihn eine Stimme aus dem quälenden Gedankenkarussell. Der Großvater tauchte hinter Franz auf und steuerte auf die Männer zu. Er versuchte den Reichberger wegzudrängen und Otto zu befreien. Der andere Begleiter kam seinem Kameraden sogleich zu Hilfe, stieß den Alten beiseite, drehte ihm den

Arm hinter den Rücken und drückte ihn mit Wucht an die Mauer. Dabei fiel ein gläsernes, an der Wand hängendes Marienbild zu Boden und zerbrach in unendlich viele Scherben.

Der Großvater stöhnte vor Schmerz. Ohne zu zögern zuckte der Wallnegger seine Pistole und richtete sie auf den Überwältigten. Der Großmutter entkam ein Entsetzensschrei. Die Mutter schlug die Hände vors Gesicht.

Franz' Beine setzten sich automatisch in Bewegung. Instinktiv lief er in Richtung der Männer. Die unmittelbare Gefahr, in der sich sein Großvater befand, ließ ihn jede Gefährdung für sich selbst vergessen. Die Angst, einen geliebten Menschen zu verlieren, hatte Franz Furchtlosigkeit verliehen. Sein Fokus richtete sich in diesem Moment einzig und allein auf die Bedrohung. Die eigene Sicherheit war ihm egal. Das Leben seines Großvaters zu schützen, erhielt Priorität. Unvermittelt schob er sich vor die bedrohliche Schusswaffe.

Überrascht blickte der Wallnegger auf den vor ihm plötzlich aufgetauchten Jungen. Einen Moment herrschte Totenstille. Die Situation war derart angespannt, dass niemand sich getraute auch nur einen Atemzug zu machen.

Der Wallnegger begann zu lächeln und brach das Schweigen: „Aha, da schau her. Dann bist du wohl der Franz. Mutiges Kerlchen! Keine Angst, ich erschieß dir deinen Opa schon nicht."

Auf sein Zeichen ließ der SS-Mann den Großvater los. Der Reichberger zerrte Otto mit festem Griff nach draußen und bugsierte ihn in das Auto.

„Ich bitt' dich Georg. Lass den Buben da. Er hat nichts getan. Er ist ja noch ein Kind", flehte die Mutter.

Der Wallnegger entfernte sich langsam, seine Pistole weiterhin schussbereit in der Hand haltend. Ohne ein weiteres Wort stieg er in den Wagen. Der Motor startete. Das Auto brauste davon.

Franz lief so schnell er konnte zum Stockhammerhof und kollidierte beinahe mit Francesco, der mit der Sense auf der Schulter auf dem Weg zur Wiese war.

„Attenzione, ragazzo! Warum so stressato?", fing ihn der Italiener ab.

Franz war außer Atem und musste sich erst wieder beruhigen, bevor er im Stande war, hastig zu fragen: „Francesco, wo ist Peter?"

Der gemächliche Knecht wusste nicht um den Ernst der Lage und entgegnete gut gelaunt: „Sempre in fretta, i ragazzi! Immer in Eile, die Jungen! Muss sehr wichtig sein …"

„Francesco, wo ist Peter?", schrie Franz schon beinahe. Der Südländer war angesichts des scharfen Tons verwundert. Peter sei bei der Heumahd, gab er an.

Ohne sich für die Auskunft zu bedanken, ließ Franz den Italiener stehen und rannte.

Der von Mostobstbäumen gesäumte Wiesenweg zum Grundstück der Stockhammer war steil. Ein Luftstrom fuhr durch die Blätterdächer und erzeugte ein hörbares Rauschen, als ob die Bäume Franz zur Eile aufriefen. Der sah Peter oben auf dem Hügel zusammen mit Lorenzo die Sense schwingen. Keuchend kam Franz bei seinem Freund an, der daraufhin die regelmäßigen Schwünge einstellte und ihn verdutzt ansah.

„Peter …", stieß Franz atemlos hervor, „sie waren da! Sie haben ihn mitgenommen!"

Franz wurde von seinem Gegenüber nur befremdet betrachtet, sodass er sich nicht sicher war, ob Peter denn auch verstanden hatte.

„Peter! Die SS war da! Sie haben Otto mitgenommen!", versuchte er es noch einmal, doch die erwartete Bestürzung blieb aus. Peter senkte lediglich die Augen und blickte traurig zu Boden.

„Was soll'n wir jetzt machen?", drängte Franz. „Hätt' doch nie jemand Otto zu Gesicht bekommen. Irgendwer muss ihn verraten haben. Wahrscheinlich hat Lini nicht dicht halten können …"

Peter schien verstummt. Kein Wort kam über seine Lippen. Franz packte ihn an den Oberarmen und begann ihn zu rütteln.

„So sag doch was, Peter!"

Mit schwacher Stimme entgegnete Peter endlich, den Blick weiterhin gesenkt: „Es war nicht meine Schwester."

Franz verstand nicht. Wer hätte Otto denn sonst verraten? Jemand aus seiner Familie? Oder der Schuster Hans? Oder war noch jemand auf den versteckten Judenjungen aufmerksam geworden?

Franz starrte seinen Freund verwirrt an und wartete auf eine Erklärung. Eine Träne kullerte über Peters Wange. Franz war verwirrt. Weinte sein Freund etwa? Nun verstand er gar nichts mehr. Er hatte Peter noch nie eine Träne vergießen sehen.

Peter begann: „Es tut mir ja so leid. Ich wollt' das eigentlich nicht …" Er stockte.

„Was? Peter, was meinst du? Red' doch!", forderte Franz ihn auf.

„Verstehst denn nicht?", herrschte Peter ihn plötzlich an. „Ich hab Otto verraten! Ja, ich bin der Verräter!"

In Franz' Kopf begann sich alles zu drehen. Er fühlte sich wie vom Blitz getroffen. Langsam realisierte er, was ihm sein Freund soeben gebeichtet hatte. Fassungslosigkeit packte ihn.

„Nein, du lügst. Du lügst doch! Das ist nicht wahr! Wir sind doch die drei Musketiere. Weißt du denn nicht mehr? Wir halten zusammen", versuchte Franz, Peters Geständnis zu widerrufen, doch der Gesichtsausdruck seines Gegenübers, gab ihm zu verstehen, dass es sich um die Wahrheit handelte. Wie in Trance kehrte Franz seinem Freund den Rücken und taumelte zurück ins Dorf.

Die Familie saß schweigend in der Stube. Niemand rührte den Sterz in der Pfanne an. Man konnte es nicht fassen, dass der lieb gewonnene Junge plötzlich fort war. Abgeholt von der SS, weggebracht wie ein Schwerverbrecher. Keiner hatte damit gerechnet.

Polina wimmerte in ein Taschentuch hinein und schnäuzte sich lautstark. Die Großmutter tastete unermüdlich ihren Rosenkranz ab und murmelte ein Gebet vor sich hin. Der Großvater starrte wie betäubt ins Leere. Tante Fanny konnte ihren Blick nicht von Ottos Nähzeug auf der Stubenbank wenden.

„Was sollen wir jetzt tun?", unterbrach die Mutter schließlich das unerträgliche Schweigen. Keiner hatte eine Antwort.

Sich mit den Nazis anzulegen war alles andere als eine Spielerei, dessen war sich jeder bewusst. Mit der SS scherzte man nicht. Der Wallnegger hätte jeden der Familie verhaften lassen können.

Der Großvater erhob sich mit einem Male.

„Wo gehst du hin?", wollte Mitzi wissen.

„Auf die Wiesn. Das Heu mäht sich ja nicht von allein", gab er zurück.

Indes saß Franz betrübt im Heuboden, den Kater Adi auf seinem Schoß, und dachte an jenen Tag zurück, als er Otto das erste Mal gesehen hatte. Wer hätte gedacht, dass aus diesem damals fremden, verängstigten Jungen sein bester Freund werden würde.

„Was sollen wir denn jetzt tun?", hauchte Franz der schnurrenden Katze ins Ohr. Hinter ihm hörte er plötzlich Schritte. Franz drehte sich um und erblickte Peter.

„Was willst du hier?", stieß er feindselig hervor.

Peter versetzte es einen Stich im Herzen. Es tat ihm alles so unendlich leid. Doch wie konnte er das Ganze jemals wieder gut machen? Er brachte Verständnis für Franz' Groll auf, immerhin hatte er Otto nicht bei irgendeinem ihrer Versteckspiele verraten, es ging um viel mehr.

„Franz", fing er an, „es tut mir leid. Ich weiß nicht warum ich das getan hab."

Franz wurde wütend, sprang auf und herrschte Peter an: „Am besten ist, du gehst. Du hast schon genug angerichtet. Verräter! Verschwinde! Geh!"

Diese Reaktion wirkte wie ein Faustschlag in Peters Magengegend. Geschockt stand er da, ohne ein Wort zu sagen. Sein Schweigen schien Franz noch mehr aus der Fassung zu bringen. Er stieß Peter mit einem lautstarken „Hau ab!" zurück. Peter taumelte und fiel zu Boden. Franz stürzte sich auf ihn, verpasste ihm eine schallende Ohrfeige, packte ihn am Hemd und rüttelte ihn durch.

„Das ist alles deine Schuld! Wie konntest du nur? Wie?", schrie er. Peter wehrte sich nicht, sondern ließ den Wutausbruch seines Freundes über sich ergehen. Tränen liefen Franz übers Gesicht. Allmählich schwand seine Kraft und er ließ von seinem Freund ab. Schluchzend sackte er zu Boden.

„Warum hast du es nur deiner Mutter erzählt?"

Peter richtete sich langsam auf und gestand: „Es war nicht meine Mutter, die weiß noch gar nichts davon. Ich hab's dem Reichberger Pepi erzählt."

Franz sah überrascht auf, als er hörte, dass Peter ihr Geheimnis dem Bürgermeistersohn ausgeplaudert hatte. Warum er das getan hatte, war Franz schleierhaft. Er hatte Peter vertraut. Otto hatte Peter vertraut. Sie waren bitterlich enttäuscht worden.

Kapitel 15

Fanny stand an der kleinen Bushaltestelle in Poching und blickte auf ihre Armbanduhr. Die Sonne brannte erbarmungslos vom Himmel. Ungeduldig hielt sie Ausschau nach dem Autobus. Endlich kam das ratternde Fahrzeug daher gefahren und las die wartende Frau auf. Die Dame im dunkelblauen Kostüm mit dazu passendem ausladendem Hut und weißen Handschuhen nahm sich einen Fensterplatz.

Der Bus war fast leer. Zu den einzigen Fahrgästen zählte eine Gruppe junger übermütiger Soldaten, die zu schäkern begannen, als die hübsche Dame einstieg. Einer wünschte dem „Fräulein" mit aufgesetzt charmantem Ton einen schönen Tag, ein anderer gab einen indiskreten Pfiff ab. Fanny versuchte die Tändeleien zu ignorieren und richtete ihren Blick auf die vorbeiziehende Landschaft, deren Felder und Wiesen sie allerdings nicht zu registrieren vermochte. Sie hatte andere Bilder vor Augen, jene des fröhlichen Jungen, der voll Enthusiasmus und Vergnügen vor sich hin schneiderte. Otto war begabt, das hatte sie beim ersten Nadelstich erkannt. Es freute sie, dass er derart interessiert war und sie genoss es, mit jemandem ihre Leidenschaft teilen zu können. Sie hatte den liebenswürdigen Jungen in kürzester Zeit in ihr Herz geschlossen. Traurig starrte sie ins Leere und merkte erst, dass sie ihr Ziel erreicht hatte, als der Fahrer „Endstation! Alles aussteigen!" rief.

Fanny erkannte Ratbach kaum wieder. Ausgebrannte Häuser säumten die Straßen. Zwischen Trümmern und Schutt spielten ein paar Buben Fußball. Die Lederfabrik glich einer gespenstischen Ruine. Eine schmutzige Frau trat an Fanny heran und bat um etwas zu essen. Sie kniete sich flehend hin und packte sie am Rock. Erschrocken versuchte sie sich von dem Griff zu befreien. Erst als sie aus ihrer Handtasche ein paar Pfennige herauskramte und der Frau hinwarf, konnte sie die aufdringliche Bettlerin abschütteln.

Zügig ging Fanny weiter, vorbei an der Metzgerei, deren Scheiben notdürftig mit Klebeband geflickt waren. An der Tür des Tabakladens war ein Schild angebracht, auf dem *Vorübergehend geschlossen* geschrieben stand. Und auch der alte weißbärtige Musiklehrer stand nicht wie gewohnt eine Zigarre rauchend und die vorbeigehenden Leute grüßend vor seinem Wohnblock. Alles war anders.

Fanny erreichte die Straße, in der sich die Schneiderei befand. Von außen war dem Laden nicht viel anzusehen. Die schick gekleideten Schaufensterpuppen präsentierten sich in der Auslage, auf der mit großen geschwungenen Lettern *Schneiderei Kaiser* zu lesen war. Fannys Herz klopfte laut, als sie die Klinke der mit einem langen Sprung versehenen Glastür nach unten drückte. Die vertraute Türklingel ertönte.

Die anfängliche Freude wich. Ungewissheit überkam Fanny. Sie wusste nicht, was sie erwartete. Bei dem Bombenangriff war in der Schneiderei ein Brand ausgebrochen. Wie viel dieser zerstört hatte, konnte sie nicht sagen, denn ihr Gatte hatte sie eilends nach Brechthofen geschickt. Er war ein sehr fürsorglicher Mann, der stets um die Sicherheit seiner Frau bedacht war. Immerzu war es ihm ein Anliegen, jegliche Last und jeglichen Kummer von ihr fernzuhalten.

Fanny betrat den Laden, überrascht wie unverändert alles aussah. Die Empfangstheke mit der schwarzen Ladenkasse, die von einem Maßband umschlungene Schneiderpuppe, die kleinen Fächer mit den darin verstauten

Stoffmustern, das Tischlein mit den Modezeitschriften darauf. Alles war auf seinem Platz. Als wäre sie nie weggewesen, als hätte es nie einen Angriff gegeben.

Fanny ging in das große hohe Hinterzimmer, in dem genäht wurde. Hier bot sich ein anderes Bild. Die Decke war verrußt, ein langer Riss erstreckte sich über das Gewölbe. Der abgebröckelte Putz lag auf einen Haufen zusammengekehrt mitten im Raum. Die verstaubten Nähmaschinen standen aneinandergerückt im hintersten Winkel. Eine schmutzige Plane bedeckte die Stoffrollen. Die Scheren, Schneiderkreiden, das Garn, die Maßbänder, die Nadeln und all die anderen Utensilien lagen durcheinander in einer Pappkartonschachtel. Fannys Blick schweifte durch das Zimmer und blieb schließlich am Aufgang zu den Wohnräumen hängen.

Der Treppenflur sah aus, als führe er auf direktem Wege in die tiefste Finsternis. Die einst weißen Wände strotzten vor Ruß. Fanny lief angesichts des gespenstischen Schwarzes ein kalter Schauer über den Rücken. Langsam näherte sie sich dem dunklen Tunnel und stieg Stufe für Stufe zur Wohnung hinauf. Die verkohlte Eingangstür stand offen. Ein penetranter Geruch nach Verbranntem stieg ihr in die Nase.

Sie erkannte ihre Räume nicht wieder. Das Schlafzimmer war ausgebrannt, ebenso der Salon. Das wunderschöne Mahagonitischlein, auf dem ihr Mann und sie für gewöhnlich den Nachmittagstee einnahmen, das goldgrün gemusterte Kanapee, auf dem sie so viele gemütliche Stunden verbracht hatten, das Klavier, auf dem der Gatte so manches Stück zum Besten gegeben hatte, der wertvolle Perserteppich vor dem Kamin: Von alledem blieben nur verkohlte Fragmente übrig. Fanny starrte mit leerem Blick in den Raum.

„Franziska!", hörte sie hinter sich plötzlich jemanden überrascht ihren Namen sagen. Sie drehte sich um und sah in die tiefblauen Augen ihres Mannes.

„Wolfgang!", flüsterte sie, warf sich ihm in die Arme und ließ ihren Tränen an seiner Brust freien Lauf. Wolfgang hielt seine schluchzende Frau fest, küsste sie wiederholt auf den Scheitel und versuchte, sie zu trösten. Als sich Franziska wieder einigermaßen beruhigt hatte, sah sie zu ihrem Mann auf, der ihr ein Lächeln schenkte und ihr sanft die Tränen von den Wangen wischte.

„Ist ja gut, Liebes", hauchte er und küsste sie. „Ich weiß. Es ist kein schöner Anblick. Unsere Wohnung ist stark beschädigt worden. Aber der Laden ist glimpflich davongekommen. Wieso bist du eigentlich gekommen, Liebes? Wir haben die Aufräumarbeiten ja noch gar nicht abgeschlossen." Abermals drückte er seine Frau fest an sich und raunte: „Ich hab dich ja so vermisst."

Fanny schöpfte in den geborgenen Armen ihres Mannes neue Kraft. Wolfgang verstand es, ihr Trost und Sicherheit zu vermitteln. Gerne hätte sie in diesem Moment die Zeit angehalten und all die schlimmen Ereignisse und Sorgen um sie herum vergessen. Doch die Zeit drängte.

Fanny löste sich aus der Umarmung, sah ihrem Mann fest in die Augen und sprach mit ernster Stimme: „Wolfgang, wir brauchen deine Hilfe!"

Franz keuchte und schwitzte. Die Hitze und der Staub machten ihm zu schaffen. Trotzdem trat er unermüdlich weiter, denn der Haufen wurde immer höher und höher. Gabel für Gabel schwang der Großvater das getrocknete Gras in den Heuboden. Das Festtreten des Heus war mühevoll. Auch Rosi, Polina und der Mutter rann der Schweiß von der Stirn.

Als sich schließlich ein bis zur Decke reichender Heuberg vor ihm auftürmte, hielt Franz inne. Genau hinter solch einem Riesenhaufen hatte er damals Otto entdeckt. Hier hatte alles angefangen. Und nun war er bereits mehr als eine Woche weg. Niemand wusste, wo sie ihn hingebracht hatten.

Die Festnahme des Judenjungen hatte sich schnell herumgesprochen und genauso schnell waren allerhand Gerüchte aufgekommen. Man munkelte, dass Otto in ein Lager gebracht worden war und dort nun mit tausenden anderen Juden unter menschenunwürdigen Bedingungen leben musste. Andere behaupteten, man habe ihn in ein Gefängnis gesteckt. Wieder andere schwadronierten, er halte sich nach wie vor in Poching auf und warte auf seine Deportation. Einige erzählten, er sei ausgesetzt worden, irgendwo mitten in der Wildnis. Und da gab es noch die, die davon ausgingen, dass Otto gar nicht mehr lebte und einfach beseitigt worden war, so wie man es mit den meisten Juden machte.

Dieser Gedanke, dass Otto möglicherweise nicht mehr am Leben war, ließ Franz erschaudern. Nein, er war nicht tot. Das spürte er. Er war fest davon überzeugt, dass Otto lebte.

Kapitel 16

Der Wagen war bereits derart vollgestopft, nicht einmal eine Maus hätte noch Platz gefunden.

„Das war der Letzte!", verkündete Francesco und manövrierte einen Sack auf die Ladefläche. Lorenzo wischte sich mit dem Handrücken den Schweiß von der Stirn und wedelte mit seinem Strohhut vor seinem Gesicht herum.

„Che caldo!", kommentierte er die große Hitze an diesem Tag. Der Sommer zeigte sich von seiner schönsten Seite. Der Himmel war strahlend blau. Das Getreide wiegte sich sachte im Wind. Die Lindenblüten verströmten einen angenehm süßlichen Duft. Stockrosen und Ringelblumen zierten den in seiner vollen Pracht stehenden Bauerngarten. Rote Beeren leuchteten verführerisch von den Ribiselsträuchern.

Die Ernte der Frühkartoffeln war in diesem Jahr besonders gut gewesen und so konnte die Stockhammerin einige Säcke mehr als im Vorjahr an den Wirt abliefern. Der Streicher Wirt bezog einiges von den Bauern aus Brechthofen. Von der Stieglerin kam das Frühkraut, die Äpfel verkaufte der Großvater und die Heurigen lieferte der Stockhammerhof.

Normalerweise kümmerte sich Franz' Vater um die Anlieferung. Doch da sich dieser weiterhin an der Front befand, erklärte sich auch dieses Jahr der Großvater dazu bereit. Er lud noch vier Steigen Kläräpfel auf und kletterte auf den Kutschbock.

Neugierig stierte die Stockhammerin zum Fenster hinaus, während sie energisch einen Teller abtrocknete. Nebenbei wachte sie mit strengem Blick über Peter, der sich durch seine Schreibübung quälte.

Mit argwöhnischem Blick beobachtete sie den Großvater. Seit sie erfahren hatte, dass bei den Nachbarn ein Jude versteckt gewesen war, vermied sie jeglichen Kontakt zu ihnen.

Peter rutschte nervös hin und her. Er konnte sich nicht konzentrieren und blickte wiederholt nach draußen, wo Franz sich gerade daran machte, zu seinem Großvater auf den Bock zu klettern. Schnell kritzelte er die letzten Buchstaben auf das Blatt Papier. Er musste unbedingt mit Franz reden. Das Schweigen zwischen den beiden hielt er nicht mehr aus.

„Fertig!", rief er, ließ den Bleistift auf die Tischplatte fallen und rannte eiligst nach draußen.

„Peter!", konnte ihm seine Mutter nur mehr nachrufen, so schnell war er zur Tür hinaus.

Franz platzierte sich neben den Großvater, der bereits die Zügel in den Händen hielt.

„Franz! Warte!", ertönte es plötzlich und Peter kam angelaufen. „Bitte! Ich muss mit dir reden!"

Franz sah ihn nur kurz finster an und richtete seinen Blick wieder nach vorne, Peter bewusst ignorierend.

„Wie lange willst noch nicht mit mir reden?" In Peters Stimme schwang Verzweiflung mit. Tausend Mal hatte er sich schon entschuldigt. Er wusste, was er getan hatte, war falsch und er würde es nicht wieder gut machen können. Doch er ertrug die Spannung zwischen ihm und seinem Freund einfach nicht länger.

„Franz", schaltete sich der Großvater ein, „willst nicht endlich deinen Groll begraben? Schau, du kannst ja nicht ewig bös' auf den Peter sein. Das holt den Otto auch nicht zurück."

Als ob er taub wäre, reagierte der Angesprochene nicht und starrte nur stur nach vorne.

Der Großvater schenkte Peter ein aufmunterndes Lächeln. Auch er war geschockt gewesen, als er erfahren hatte, dass es der Nachbarsjunge gewesen war, der Otto verraten hatte. Aber ihn dafür nun zu bestrafen, würde niemandem helfen.

„Willst mitkommen nach Poching, Peter?", fragte er mit versöhnlicher Stimme. Peter nickte eifrig und schwang sich hinten auf den vollgestopften Wagen.

„Hü!", gab der alte Mann den Pferden das Kommando und die Karosse setzte sich langsam und knarrend in Bewegung.

Als der Wagen beim Wirtshaus vorfuhr, stampfte auch schon der Streicher heraus und begrüßte freudig plärrend die Ankömmlinge. „Bringts mir meine Lieferung? Sehr schön. Abladen tun wir später. Jetzt wollts erst mal was trinken", lud der Wirt sofort ein und bat die Lieferanten in die Gaststube.

Dem Großvater stellte er wie gewohnt eine Halbe Bier hin, die Kinder bekamen Limonade und von der Wirtin frisch zubereitete Apfelschlangerl. Peter und Franz bissen genussvoll in das noch warme gefüllte Sauerrahm-Mürbteiggebäck. Der Wirt gesellte sich zu ihnen. Neugierig wie er war, erkundigte er sich sofort nach dem Verbleib des kleinen Juden. Der Großvater konnte keine Auskunft geben, da er selbst nichts darüber wusste.

„Wissts denn schon, wie die SS auf den kleinen Juden kommen ist?"

Peter schluckte schwer. Ihm verging augenblicklich der Appetit. Es war, als hätte er plötzlich einen Stein im Magen. Beschämt senkte er den Blick. Der Großvater schüttelte zur Antwort nur stumm den Kopf.

Franz sah Peter an und registrierte dessen feucht gewordenen Augen. Fing er jetzt etwa zu weinen an?

Plötzlich überkam Franz Mitleid. Peter zeigte Reue und schien unter dem, was er getan hatte, zu leiden. Der Großvater hatte Recht: Es war Zeit ihm zu verzeihen und ihm eine zweite Chance zu geben. Franz legte seine Hand auf die Schulter seines Freundes. Peter sah überrascht auf und Franz direkt ins Gesicht, der ihm ein aufmunterndes Lächeln als Zeichen der Versöhnung schenkte. Peter verstand. Er erwiderte dankbar das Lächeln.

Die Tür zur Gaststube ging auf und herein kamen der Schuster Hans und der Besenbinder Sepp.

„Ja, da schau her!", rief der Wirt aus, „Hans, du bringst mir wohl meine Schuh' vorbei und der Sepp hat meinen Besen fertig."

Sogleich stand er auf, ging zum Zapfhahn und ließ zwei Halbe Bier herunter. Der Schuster und der Besenbinder setzten sich.

„Gut, dass ich dich treffe, Ignaz", sagte der Schuster und in seiner Stimme schwang etwas Aufregung mit.

„Es gibt Neuigkeiten!", verkündete der Besenbinder.

„Der Sepp hat mir's gerad' erzählt", begann der Schuhmacher. „Hör zu, Ignaz. Der Otto soll sich wirklich noch in Poching befinden."

Franz und Peter hörten gespannt zu.

„Ist das schon wieder so ein Gerücht?", fragte der Großvater skeptisch nach.

„Nein, nein", versicherte der Besenbinder kopfschüttelnd, „die Mathilda, die Sekretärin vom Bürgermeister, hat's meiner Frau verraten. Den Buben habens noch immer nicht weggebracht."

„Er befindet sich anscheinend im Rathaus", fuhr Hans fort, „eingesperrt in einem Raum."

„Die Mathilda bringt ihm immer zu essen. Ihr tut der Bub ja wirklich leid", warf Sepp ein und überließ wieder dem Schuster das Wort: „Man wollte ihn mit dem Zug in ein Lager bringen. Aber da die Schienen noch immer nicht repariert sind und ständig aufs Neue bombardiert werden, hat man's immer weiter aufg'schoben."

Der Großvater machte große Augen. Wenn das stimmte und Otto wirklich noch in Poching war, gäbe es vielleicht doch noch einen Funken Hoffnung, ihn frei zu bekommen.

„Ja worauf warten wir dann denn noch?", schrie der Streicher wild gestikulierend und sprang von seinem Stuhl auf. Verblüfft sah ein jeder den stämmigen Mann an, der vor Aufregung hochrote Wangen bekam. „Wir müssen dem armen Buben doch helfen!", blazte er, „Die Leut' in Poching g'hören zusammengetrommelt und der Wallnegger aufg'fordert den Buben rauszurücken!"

Der Großvater war erstaunt, dass es dem Streicher ein derartiges Anliegen war, Otto zu helfen. Franz' Herz begann laut zu klopfen.

„Moment mal", warf der Schuster ein, „du willst dich mit den Nazis anlegen? Ich weiß nicht, ob das eine gute Idee ist. Außerdem, glaubst wirklich die Pochinger würden einen Aufstand machen?"

Schweigen legte sich über den Raum. Der Wirt ließ sich wieder auf seinen Sessel nieder. So schnell sein Enthusiasmus aufgeflammt war, so schnell war er wieder erloschen. Der Einwand des Schusters war durchaus gerechtfertigt.

Die Mehrheit der Leute in Poching war zwar gegen die Judenverfolgung, aktiv tat man aber nichts dagegen. Viel zu groß war die Angst vor den Folgen durch die SS. Ein ruhiges Leben konnte führen, wer die Augen verschloss und seinen Mund hielt. Wegsehen und weghören, darin waren die meisten Pochinger gut. Wieso sollten sie bereit sein, für einen unbekannten Juden ein Risiko einzugehen?

Peter fuhr plötzlich hoch und schlug mit der Faust auf den Tisch. „Wir müssen's doch zumindest probieren!", versuchte er zu überzeugen und verwies auf den starken Zusammenhalt in der Gemeinde. Die Männer blickten den Buben überrascht an.

Irgendwie hatte er Recht: Würden die Pochinger Druck auf den Wallnegger und den Bürgermeister ausüben, wären sie gezwungen Otto herauszurücken.

Der Großvater überlegte. Auch er verspürte plötzlich Zuversicht. Würden genug Leute zusammenkommen, wäre eine Befreiung durchaus möglich, glaubte er. Der Wallnegger konnte ja schlecht den ganzen Ort einsperren, das würde auch der Bürgermeister nicht zulassen, dem stets wichtig war, dass in seiner Gemeinde alles rund lief. Einen Versuch, die Pochinger zur Mithilfe aufzurufen, war es auf jeden Fall wert.

Fanny stand in der großen Halle und betrachtete eingehend das Fresko an der Decke. Die Farben waren verblasst, der Putz teilweise abgebröckelt, dennoch erkannte man noch deutlich das üppige Blumenmeer, das der Künstler einst in eindrucksvoller Akkuratesse auf das Gewölbe gemalt hatte. Wie musste damals das Bild mit seinen tausenden Blüten in den verschiedensten Pastelltönen erst gewirkt haben, wenn es selbst in diesem doch schon ziemlich maroden Zustand eine solche Faszination auf Fanny auswirkte? Sie hätte ganz darin versinken können. Sie mochte die alten Gebäude der Hauptstadt, deren pompöse Verzierungen an den Fassaden, die hohen Flügelfenster, die dem Tageslicht Einlass gewährten. Die großräumigen Zimmer, die so viel Platz boten. Diese

Bauwerke waren so ganz anders als die alten schmucklosen Bauernhäuser, in die nur wenig Licht durch die kleinen Fenster eindringen konnte.

Zwar hatte sich Fanny am Bauernhof ihrer Eltern immer wohl gefühlt, aber sie hatte schon als Kind davon geträumt, einmal in der Stadt zu leben. Der Alltag dort unterschied sich um so vieles von dem auf dem Lande. Überglücklich war sie gewesen, als sie damals die Frau von Wolfgang wurde und zu ihm zog. Ratbach war zwar deutlich kleiner als die Hauptstadt, bot aber dennoch viele Möglichkeiten. Es gab die verschiedensten Läden, ein Theater und ein Kino.

Fanny wurde nicht müde, das Fresko zu betrachten. Es erinnerte sie an ihre Besuche bei Freunden und Bekannten. Wolfgang war gut vernetzt und kannte eine große Anzahl an gut situierten Leuten, darunter auch sehr einflussreiche. Mehrmals im Jahr waren sie in die Hauptstadt gefahren, um die Kontakte zu pflegen. Fanny freute sich jedes Mal auf diese Ausflüge, die leider immer seltener geworden waren. Als der Krieg zu wüten anfing, hielt es ihr Mann für zu gefährlich weiterhin den Bekannten Besuche abzustatten. Zudem hatten viele die Stadt verlassen und hielten sich nun auf ihren Landsitzen auf.

Die einst so glanzvolle Metropole war von den vielen Bombenangriffen stark in Mitleidenschaft gezogen worden. Das Haus etwa, in dem eine gute Freundin gewohnt hatte, war völlig zerbombt worden. Fanny dachte zurück, wie sie damals im Salon gesessen, Tee getrunken und Kekse gegessen hatten, während die Männer Zigarre rauchend über Politik philosophierten.

„Kommst du, Liebes? Wir können jetzt raufgehen. Er erwartet uns", riss sie Wolfgangs Stimme plötzlich aus ihren Gedanken.

Fanny löste den Blick von der Decke, schenkte ihrem Mann ein unsicheres Lächeln und nickte.

Da standen sie nun und hofften, dass sie die Pochinger mobilisieren konnten. Der Wind wehte um die rote Hakenkreuzfahne vor dem Gemeindeamt. Der Großvater sah sich um, doch von den Ortsansässigen war noch niemand zu sehen. Er wusste nicht, wie viele sie überzeugen hatten können.

Das Bangen löste Schweigen aus, lediglich Francesco und Lorenzo plapperten wild gestikulierend auf Italienisch. Polina kaute nervös an ihren Fingernägeln, während Mitzi, in der Hoffnung endlich jemanden kommen zu sehen, besorgt die Straße entlangblickte. Peter lungerte auf einem Randstein und warf gedankenverloren kleine Kieselsteine in der Gegend herum. Franz fixierte den Kirchturm, der durch die vorbeiziehenden Wolken aussah, als würde er wanken. Er spürte, wie sich eine Hand auf seine Schulter legte.

„Keine Sorge! Es kommen bestimmt welche", versuchte der Wirt ihm Mut zu machen.

Die Kirchenglocken schlugen drei Uhr nachmittags. Als ob das Geläut die Menschen herbeizurufen vermochte, füllte sich plötzlich der Ortsplatz. Die Pochinger bezogen wirklich Stellung.

Franz war überwältigt wie viele von ihnen gekommen waren. Unter den Leuten befanden sich der Lehrer Weibold, der Kramer und sogar der Pfarrer.

Der Kramer platzierte sich neben den Großvater, klopfte ihm freundschaftlich auf die Schulter und sagte mit einem breiten Grinsen: „Da schaust, Ignaz, was? Wir lassen dich nicht im Stich. Du hast immerhin auch schon vieles für uns getan. In Poching hält man zusammen."

Als sich an die hundert Leute auf dem Platz positioniert hatten, brüllte der Wirt in voller Lautstärke Richtung Gemeindeamt: „He, Wallnegger, Bürgermeister! Gebts den Buben wieder her!"

Der stämmige Mann schnellte die Faust in die Höhe und animierte die Schar mit ihm im Chor zu rufen. Im ersten Stock öffnete sich ein Fenster und ein verdutzter Bürgermeister streckte den Kopf heraus.

„Was ist denn da los? Was wollt ihr?", rief das Ortsoberhaupt mit dem geringelten Schnurrbart hinunter.

„Den Buben sollts wieder hergeben. Wo ist der Wallnegger, der feige Hund?", übernahm der Streicher das Ruder. Ein plötzlicher Schuss ließ die Schar verstummen.

„Na na na, diese Bezeichnung verbiet' ich mir aber", kam es von der Eingangstür, vor die der Sturmbannführer getreten war, seine Pistole in den Himmel gerichtet.

„Wallnegger, bitte gib uns den Buben zurück! Er hat nichts verbrochen", ergriff der Großvater das Wort.

Der Wallnegger grinste nur. Hinter ihm tauchten ein paar bewaffnete SS-Männer auf, mit Gewehren auf die Meute zielend, bereit auf ein Zeichen ihres Befehlgebers abzufeuern. Für einen Moment war es still. Spannung lag in der Luft.

„Einen wehrlosen unschuldigen Buben festnehmen, das sieht euch ähnlich!", entrüstete sich der Wirt.

„Rührend! Wirklich herzergreifend, wie ihr euch um den Jud' sorgt. Besser wär's, ihr geht heim und kümmert euch um eure Kühe", spottete der SSler.

Nun kam auch der Bürgermeister zur Tür heraus. Aufgeregt und ungewohnt verängstigt versuchte er seine Gemeinde zur Vernunft zu bringen: „Ignaz, ich bitte euch. Seids doch vernünftig und gehts heim. Ist ja nur ein Jud', der Bub."

Der Großvater wurde angesichts dieser Aussage zornig: „Nur ein Jud'? Wie kannst nur so herzlos sein? Wir geh'n nicht weg!"

Der Bürgermeister wurde sichtlich nervös. Schweißtropfen perlten ihm von der Stirn. Angst, die bewaffneten SS-Männer könnten das Feuer eröffnen, packte ihn. Das letzte was er gebrauchen konnte, war, dass einer aus dem Ort erschossen wurde. Nur wegen diesem Judenjungen. Außerdem wollte er nicht dastehen, als hätte er seine Gemeinde nicht unter Kontrolle. Sollten sie den kleinen Juden doch zurückhaben.

„Wallnegger, gib ihnen doch den Buben", probierte er den Sturmbannführer zu überzeugen. Wie eine Statue blieb dieser mit strenger Miene stehen. Sein Blick verhärtete sich.

„Das ist Hochverrat!", schrie er aus heiterem Himmel aus voller Kehle.

In diesem Augenblick drängte sich Franz' Mutter nach vorne, steuerte auf den Wallnegger zu und flehte: „Georg, ich bitt' dich …" Weiter kam sie nicht. Ein Knall ließ alle vor Schreck zusammenzucken. Plötzlich wurde es totenstill.

Ein jeder starrte auf das Gewehr, aus dem der Schuss abgegeben wurde. Mitzi stand reglos und kreidebleich da. Der Schock war ihr ins Gesicht geschrieben. Ihre Beine gaben nach und sie sackte in sich zusammen. Der Wallnegger stürmte auf sie zu und fing ihren Sturz in letzter Sekunde ab, indem er sich auf die Knie warf.

„Mitzi! Ist alles in Ordnung?" Die ohnmächtige Frau in Armen, drehte er sich zu dem SS-Mann, der den Schuss abgegeben hatte, und herrschte ihn an: „Idiot! Was soll das? Es wird ausschließlich auf mein Zeichen hin geschossen!"

Verdattert versuchte der Angesprochene sich zu rechtfertigen: „Ich wollt' ihr nur einen Schrecken einjagen … Sie hat sich gefährlich genähert … Ich hab dacht …"

„Was Sie denken spielt keine Rolle. Sie haben Befehle auszuführen und sonst nichts", schnitt ihm der Wallnegger wutentbrannt das Wort ab.

Bestürzt sah man auf die besinnungslose Frau in den Armen des Sturmbannführers. Franz war wie angewurzelt. Der besorgte Großvater eilte zu seiner Tochter.

„Mitzi! Sag doch was!", redete er entsetzt auf die Bewusstlose ein. Langsam schlug Mitzi die Augen auf. Allmählich kam es ihr wieder, was gerade passiert war. Der Schuss hatte sie glücklicherweise nicht getroffen. Er war nur als Warnschuss in die Luft abgefeuert worden. Mitzi hatte sich aber derart erschrocken, dass sie die Besinnung verloren hatte.

Sie wand sich aus den Armen des Wallneggers. Dieser erhob sich und nahm wieder seine starre Haltung ein.

„Ich kann euch den Buben nicht aushändigen", richtete er soldatisch das Wort an die geschockte Menschenansammlung. „Er ist nicht mehr da. Er ist heute Morgen abgeholt worden."

Kapitel 17

Die Abendsonne zauberte einen rötlichen Glanz auf das gemächlich plätschernde Bächlein. Die Vögel trällerten ihr letztes Lied, ehe sie sich zur Nachtruhe verabschiedeten. Franz saß im Gras und starrte auf das glucksende Wasser.

Eine Woche war nun seit dem erfolglosen Aufstand vergangen. Jegliche Hoffnung auf ein Wiedersehen mit Otto war geschwunden. Ein undurchdringlicher grauer Schleier umgab Franz seitdem. Trübsinn und Schwermut hüllten ihn ein. Sein Inneres war leer. Die Ungewissheit, was mit seinem Freund geschehen war, nagte an ihm. Bekümmert lauschte er dem gleichmäßigen Geplätscher. Ganz in der Nähe setzte ein engelsgleicher Vogel zur Landung an, drehte jedoch wieder ab, als er den Jungen im Gras wahrnahm. Der schneeweiße Fischreiher zog eine Schleife und flog dem Sonnenuntergang entgegen. Franz kam es vor, als schwebe ein Engel am Horizont, ein von Gott geschickter Himmelsbote, der ihm Trost spenden sollte.

„Da bist du ja", hörte er eine Stimme hinter sich. Es war Peter. Er platzierte sich neben seinen Freund und saß eine Zeit lang stumm an seiner Seite. Eigentlich wollte er etwas sagen, doch irgendwie wusste er kein Gespräch zu beginnen und fing stattdessen an, einen Grashalm nach dem anderen auszuzupfen.

„Wie glaubst geht's ihm jetzt?", kam es auf einmal von Franz. Peter wedelte das Gras von seiner Hose, während er nach einer passenden Antwort suchte.

„Wir werden ihn wiederseh'n. Da bin ich mir sicher", erwiderte er schließlich. Erneutes Schweigen beherrschte den Moment.

Franz holte seine Mundharmonika aus der Hosentasche hervor. Er wollte eigentlich ein paar Töne spielen, überlegte es sich aber anders. Otto hatte ihm nur fröhliche Melodien gelehrt, die sich im Augenblick nicht mit seiner Gemütslage vereinen ließen. Traurig begutachtete er das kleine Musikinstrument.

„Spiel doch was!", forderte ihn Peter auf, doch Franz war einfach nicht danach. Angestrengt überlegte Peter, wie er seinen Freund auf andere Gedanken bringen konnte. Als er zum Dorf hinüberblickte, sichtete er plötzlich ein Fahrzeug.

„Schau, Franz! Ein Auto!", rief er. Franz hob den Kopf und sah einen schwarzen Wagen, der die Straße nach Brechthofen nahm. Es konnte nur der Wallnegger sein. Aber was wollte er?

Peter sprang auf.

„Na los! Worauf wartest du noch?", rief er Franz über die Schulter zu und lief voraus. Franz erhob sich eilends und folgte Peter. Alle möglichen Gedanken gingen ihm durch den Kopf, während er wie automatisiert in Richtung der Häuser rannte. Anspannung und Angst übermannten ihn, aber noch etwas keimte in seinem Inneren auf. Es war ein Funken Hoffnung.

Peter und Franz kamen genau in dem Augenblick an, als das Auto in die Einfahrt des Hofes einbog. Es war allerdings nicht der Wallnegger, der aus dem Wagen stieg, sondern ein gutgekleideter großgewachsener Mann, der das Fahrzeug umrundete und die gegenüberliegende Tür öffnete. Eine elegante Dame kam zum Vorschein.

„Grüß dich, Franz. Grüß dich, Peter", sagte diese freundlich.

„Tante Fanny? Onkel Wolfgang?", brachte Franz nur heraus, der seine Verwunderung ob des Besuches nicht verbergen konnte. Die Tante formte ihre roten Lippen zu einem breiten Lächeln.

„Ja, da schau her! Die Fanny!", war der Großvater, der zur Haustüre herauskam, verwundert. „Wo hast dich denn die ganze Zeit rumgetrieben?"

Ums Hauseck kam Polina, am Arm ein kleiner Korb mit einem Dutzend Eier. Auch sie war neugierig und wollte wissen, wer denn da am Hof vorbeischaute.

„Wir haben eine Überraschung für euch", sagte Fanny heiter und nickte ihrem Mann zu, der daraufhin die hintere Wagentür aufmachte. Erst jetzt wurde offenbar, dass sich noch eine weitere Person im Fahrzeug befand.

Polina war derart überrumpelt, dass sie den Korb mit den Eiern fallen ließ. Der Großvater brachte vor Verblüffung kein Wort heraus. Franz traute seinen Augen nicht. Er glaubte zu träumen. Perplex starrte er auf den schick angezogenen Jungen, der aus dem Auto stieg.

„Otto!", rief Peter, rannte auf ihn zu und umarmte ihn. Franz war wie gelähmt. Er konnte es nicht glauben. Otto löste sich aus der Umarmung und trat an ihn heran.

„Die drei Musketiere sind wieder vereint", sagte er.

Franz begann zu schluchzen. Überglücklich warf er sich dem verloren geglaubten Freund um den Hals.

„Entschuldigt, dass wir uns nicht früher gemeldet haben", sagte Fanny zu ihrer Schwester, die gerade dabei war, Tee einzuschenken.

Die ganze Familie saß versammelt in der Stube und konnte das Wunder kaum fassen.

„Ein Glas Most, Wolfgang?", fragte der Großvater.

„Nein danke, Ignaz. Ich bleib beim Tee. So einen guten Kräuteraufguss bekommt man nicht jeden Tag", lehnte er ab und bekomplimentierte Mitzi.

„Nun erzählt doch! Wie habt ihr's g'schafft Otto zurückzuholen?", war Rosi ungeduldig. Nicht nur sie wartete neugierig auf eine Erklärung.

Wolfgang nippte an dem wohlriechenden Kräutertee und fing an zu erzählen: „Es war gar nicht so einfach. Ganz durcheinander war Fanny, als sie zu mir nach Ratbach gekommen ist. Sie hat mir die Lage geschildert und mich um Hilfe gebeten." Er legte die Hand auf die seiner Frau, drückte sie zärtlich und schenkte ihr ein Lächeln, das von Fanny erwidert wurde.

Er fuhr fort: „Natürlich war mir klar, dass wir umgehend etwas unternehmen müssen, bevor der Junge weiß Gott wohin deportiert wird. Ich habe sofort meine Kontakte spielen lassen und zum Glück haben wir erreicht, dass Otto vorerst mal in Poching bleiben hat können." Erneut nippte er an seiner Tasse und ließ sich mit der Fortsetzung seiner Geschichte Zeit.

„Ja und dann? Otto ist doch weggebracht worden. Das hat zumindest der Wallnegger behauptet", warf der Großvater ein.

„Lass es dir doch erzählen, Vater!", forderte Fanny ihn zu Geduld auf. Sie blickte zu Wolfgang und bedeutete ihm weiterzureden.

„Also, wir sind dann in die Hauptstadt gefahren", fuhr Wolfgang fort. „Dort haben wir einen guten und sehr einflussreichen Freund von früher um Hilfe gebeten. Er ist jetzt Nationalsozialist und in der Lage, so manche Fäden zu ziehen. Er war zuerst außer sich, als wir ihm geschildert haben, dass es um einen Juden geht. Doch er war mir von früher noch etwas schuldig und willigte deshalb schließlich ein, uns zu helfen."

„Ein Nazi hat euch geholfen? Ist das wirklich wahr?", erstaunte sich der Großvater.

„So lass ihn doch weiterreden, Vater!", schaltete sich Mitzi ein, die vor Neugierde zu platzen drohte.

Wolfgang räusperte sich und nahm seine Erzählung wieder auf: „Mit manchen Nazis kann man durchaus reden, vor allem wenn man das eine oder andere, was besser nicht an die Öffentlichkeit kommen sollte, von ihnen weiß." Er zwinkerte vieldeutig und redete weiter: „Mein Freund hat also eingewilligt und seine Kontakte spielen lassen. Er hat Erfolg gehabt, auch wenn dafür ein schönes Sümmchen notwendig war."

„Er hat jemanden bestochen?", fragte Mitzi nach.

Fanny nickte zur Antwort und übernahm die Erzählerrolle: „Wir konnten Otto also zu uns holen. Nach langem Warten und Bangen erhielten wir schließlich die Freigabe zur Adoption."

Nun war jedem Verwirrung ins Gesicht geschrieben. Was meinte sie mit Adoption? Wer hatte Otto adoptiert?

„Otto ist nun offiziell unser Sohn. Wir haben ihn adoptiert", klärte Fanny auf. Jeder sah den anderen verblüfft und ungläubig an. Kurz waren alle sprachlos.

„Was heißt Adoption?", wollte Franz wissen, der gemeinsam mit Otto auf der Ofenbank saß und dem Gespräch lauschte.

„Das heißt, dass wir Otto aufgenommen haben. Wir sind nun seine Eltern", versuchte Fanny ihm verständlich zu machen.

„Was? Adoptiert? Aber wie soll das gehen? Er ist ja immer noch Jude und weiterhin in Gefahr!", merkte der Großvater an.

„Wir mussten Otto natürlich eine neue Identität verschaffen. Glaubt mir, das Ganze war nicht einfach. Die Tatsache, dass Franziska und ich ein kinderloses Ehepaar sind und für die Schneiderei dringend einen Nachfolger brauchen, war von großem Vorteil, ja wahrscheinlich sogar ausschlaggebend. Damit konnten wir argumentieren", erläuterte Wolfgang.

Nun schaltete sich Otto ein. Er kramte aus einem Ledertäschchen einen Ausweis hervor.

„Othmar Kaiser. Wie gefällt euch das?", sagte er enthusiastisch. Franz blickte seinen Freund irritiert an und auch bei den anderen taten sich Fragezeichen auf.

Fanny lachte auf: „Ja, stimmt. Otto heißt jetzt mit offiziellem Namen Othmar Wolfgang Kaiser."

Allen blieb vor Erstaunen der Mund offenstehen. Sie konnten kaum glauben, was Wolfgang und Fanny erreichen hatten können.

„Das ist ja großartig! Dann bist jetzt mein Cousin!", rief Franz plötzlich. Ihm war es völlig egal, wie sein Onkel und seine Tante das Wunder zustande gebracht hatten. Er musste nicht alles verstehen, ihm genügte es, dass Otto wieder da war und es ihm gut ging.

„Das heißt du musst dich nicht mehr verstecken?", fragte Franz. Otto schüttelte energisch den Kopf.

Endlich war das Versteckspiel vorbei. Er hatte in Franziska und Wolfgang neue Eltern gefunden. Er würde mit ihnen nach Ratbach gehen und könnte das Schneiderhandwerk erlernen.

„Aber …", warf der Großvater ein, „ich mein … was ist denn mit seiner …"

Fanny schüttelte zur Antwort nur traurig den Kopf. Natürlich hatten sie auch an Ottos Mutter und seine kleine Schwester gedacht und nach ihnen gesucht. Doch sie mussten leider erfahren, dass sie zu einem der vielen Opfer des Holocausts geworden waren.

„Ich hoffe, Fanny und Otto können noch eine Zeit lang bei euch bleiben, bis die Wohnung wieder beziehbar ist", bat Wolfgang und natürlich war man damit einverstanden.

Die Sonne ging golden leuchtend hinter dem Hügel auf und versprach einen herrlichen Spätsommertag. Leichte Nebelschwaden lagen über den Feldern und Wiesen. Sie verdampften in den sich durchsetzenden Sonnenstrahlen, die allmählich die von Tau behangenen Spinnennetze in glitzerndes Licht tauchten, als ob funkelnde Kristalle daran hängen geblieben wären.

Franz liebte den Altweibersommer mit seiner kühlen frischen Morgenluft, die schon ein wenig nach Herbst roch und das Ende des Sommers ankündigte. Doch heute galt seine Aufmerksamkeit nicht dem Sonnenaufgang, viel zu sehr hatte er die Erinnerung an die Gruppe von Juden, die vor einem Jahr den Hügel hinuntergetrieben worden war, vor Augen. Er glaubte jeden Moment die Schar an Menschen kommen zu sehen. Doch vor der Morgenröte taten sich keine schattenhaften Gestalten auf.

Der Tag, an dem Tante Fanny und Otto zurück nach Ratbach gingen, war gekommen. Melancholie machte sich in Franz breit und er dachte an den schönen Sommer, den er gemeinsam mit Otto und Peter verbracht hatte.

Allerhand Aktivitäten hatten sie nachgehen können, da sich Otto als offizieller Sohn der Kaiser nun nicht mehr verstecken musste. Sie hatten viel Spaß zusammen, halfen tatkräftig am Hof mit, trieben sich in ihrem Geheimversteck herum, ärgerten die Mädchen oder besuchten den Schuster, um ihm bei seiner Arbeit über die Schulter zu schauen. Am liebsten aber waren sie in die Rolle der drei Musketiere geschlüpft. Mit einfachen

Stecken als Degen und Umhängen, zusammengeflickt aus alten Stoffresten, kämpften sie gegen ihre imaginären Feinde.

Franz spürte plötzlich, wie sich eine Hand auf seiner Schulter niederließ. Es war Peter, der gekommen war, um sich von Otto zu verabschieden. Er schenkte ihm ein aufmunterndes Lächeln. Motorengeräusche verrieten den beiden, dass Wolfgang gerade kam, um seine Frau und seinen Adoptivsohn abzuholen.

Der Onkel war bereits dabei, den Kofferraum mit den wenigen Sachen, die Tante Fanny und Otto am Hof hatten, zu beladen, als Franz und Peter um die Ecke bogen.

„Geh, Franz, schau doch nicht so traurig! Der Otto ist ja nicht aus der Welt. Wir kommen euch ganz oft besuchen", versuchte Fanny ihren betrübt dreinblickenden Neffen zu trösten.

Allerhand Geschenke wurden übergeben. Der Großvater gab Otto zum Abschied einen selbstgemachten hölzernen Degen.

„Die drei Musketiere können schließlich nicht ohne einem gescheiten Degen die Welt retten", zwinkerte er seinem neuen Enkel zu.

Mitzi überreichte ihrer Schwester ein paar Säckchen voll Kräuter. Die Großmutter drückte Otto eine gestrickte Mütze und Socken in die Hände. Polina übergab ihm ein paar in ein Tuch eingewickelte Bauernkrapfen. Die sentimentale Russin schluchzte.

„Burschi, du wirst fehlen", brachte sie hervor.

„Jetzt tuts doch nicht so, als würden wir nach Amerika auswandern", lachte Fanny, ehe sie das Wort an Mitzi richtete: „Danke für alles, Mitzi. Wir kommen eh bald wieder. Passt auf euch auf. Wirst seh'n, der Krieg dauert nicht mehr lang und dein Johann kommt auch sicher bald heim." Mitzi nickte zuversichtlich und umarmte ihre Schwester.

Franz trat an Otto heran und sagte: „Da schau, die schenk ich dir" Er hielt ihm die rote Mundharmonika hin. Otto begann vor Freude zu strahlen.

„Danke, Franz. Du bist der beste Freund, den man sich nur vorstellen kann." Er blickte zu Boden, als er etwas um seine Beine herumschleichen spürte.

„Adi, du wirst mir auch fehlen", sagte Otto, hob den Kater hoch und drückte ihn fest an sich.

„Nimm ihn doch mit!", schlug Franz vor.

Otto sah ihn überrascht an. „Meinst du? Wirklich? Bist du sicher?"

„Ja, nimm ihn! Dann hast du einen Spielgefährten."

Otto blickte sich zu Fanny um, die ihm mit einem Lächeln zunickte. Mit der Katze am Arm stieg er in das Fahrzeug. An der Wagentür verabschiedeten sich Peter und Franz von ihrem Freund. Grinsend streckte Peter seine Hand in die Mitte der Runde. Otto und Franz schlugen ein.

„Einer für alle!", stimmte Peter an.

„Und alle für einen!", kam es zurück.

 **Petra Mayr** (*1990) studierte Französisch und Italienisch an der Universität Salzburg und ist im internationalen Vertrieb tätig. Aufgewachsen auf einem Bauernhof im Hausruckviertel, der mehr als zweihundert Jahre Geschichte zu erzählen weiß, diente ihr die Heimat als Inspiration für ihren ersten historischen Roman.